LA RANÇON DU BONHEUR

PAUL BRU

LA RANÇON DU BONHEUR

I

Le Crime de la « Mare-aux-Chênes »

Par une tiède et radieuse nuit de juillet, un cavalier galopait à toute vitesse, au sortir de Chartres, sur la route qui conduit de cette ville à Châteaudun.

Pas un nuage au firmament.

Toute proche du zénith, la lune couvrait d'une étincelante tunique d'argent la robe sombre du ciel et baignait la terre d'une douce clarté.

Sur les bords de la route, les grands arbres chevelus semblaient fuir derrière le cavalier emporté dans une course effrénée.

Malgré tant de hâte, on aurait pu distinguer, sous les blancs rayons de la lune, dans l'intervalle des arbres, l'élégance de son allure, les fières lignes de son visage.

Agé de vingt-sept ans à peine, il avait une mine superbe, les yeux vifs, le nez aux fines arêtes, la lèvre supérieure ombragée d'une longue moustache châtain-clair, toute sa physionomie formait un harmonieux ensemble, aristocratique comme son nom.

Il s'appelait Armand de Sauliac. Lieutenant de chasseurs, à Chartres, où il tenait en garnison, ses camarades le surnommaient en riant : « le bel Armand ». Aucune des « honnestes et gentes dames » de la ville n'aurait protesté contre cette épithète. En tenue d'officier, ou en tenue civile, il était toujours l'arbitre des élégances.

Lorsqu'il eut fait près de cinq kilomètres sur la grande route, il obliqua brusquement à gauche, par un chemin à travers champs. Il consulta en ce moment sa montre et exposa le cadran face à la lune :

— Onze heures moins vingt, murmura-t-il, en retenant sa monture qui soufflait, de ses deux naseaux, un nuage de buée chaude, c'est bien !... J'aurai dix bonnes minutes d'avance... C'est ce qu'il faut ! Quelle joie de la voir arriver tout à l'heure !... Chère Solange !...

Un sourire illumina son visage. Il se pencha sur son cheval, le caressa de deux tapes amicales, à la naissance de l'encolure, et il lui rendit la bride.

Bien que le chemin de traverse fût rugueux et s'enfonçât parfois entre deux talus élevés, à travers une noirceur de haies épaisses, la bête trottait tranquillement, sans hâte ni buterie.

Le jeune officier la laissait aller, tout entier lui-même à son doux rêve.

Comme il frôlait une haie touffue, formant un véritable buisson, le long du chemin rustique, le cheval fit un écart de l'autre côté. Sauliac, surpris, ressaisit la bride :

— Poltron, s'écria-t-il d'un ton moitié railleur, moitié fâché, as-tu peur de ton ombre ?... Baste ! mon pauvre ami, c'est un lièvre que tu auras réveillé en sursaut et qui a eu plus peur que toi !

Le cheval s'ébroua en guise de réponse négative et se remit au petit trot.

En dix minutes de marche à travers la campagne, Armand de Sauliac arriva près d'un petit bois de chênes. Il arrêta son cheval et sauta à terre.

Le bois de chênes formait une masse noire au bord du chemin. Sauliac y entra, menant son cheval par la bride.

Après quelques pas, il s'arrêta dans une éclaircie de l'aspect des plus riants. Une large flaque d'eau appelée « la Mare-aux-Chênes » s'y étalait sous les rayons de la lune en ruisselante coulée d'argent. Les arbres en-

[illegible]raient cette fluide blancheur de leur cadre sévère. Un rossignol [illegible] tait à la nuit son hymne énamouré !...

Promptement, le jeune officier attacha son cheval à un arbre et sans s'attarder à la contemplation du paysage lunaire qu'il avait sous les yeux, il revint sur ses pas, traversa le chemin et monta sur un talus opposé [illegible] petit bois.

[illegible], dans la [illegible], adossé à cet endroit, il dirigea ses regards du côté de Barjouville, petite commune d'agriculteurs dont on pouvait apercevoir les maisons à quatre cents mètres à peine.

Onze heures sonnèrent au vieux clocher.

Du fond de la plaine, une forme indécise accourait dans un vague bruit de pas :

— Oh ! s'écria-t-il, la voici !...

Et il se précipita à toutes jambes au devant de celle qui venait à lui.

En quelques secondes, ils furent dans les bras l'un de l'autre, souriant avec ivresse, murmurant leurs noms comme une musique ravissante, multipliant les baisers, les doux reproches, les marques d'adoration.

Jamais l'astre des nuits n'avait éclairé de sa blanche lumière un plus charmant tableau. Si le cavalier était d'une parfaite distinction, la jeune fille possédait de son côté une beauté accomplie.

— Venez dans le chemin creux, lui dit-elle, ici on pourrait nous voir [illegible]

— Que craignez-vous donc, Solange ?...

— Rien !... Mais nous allons trop [illegible] [illegible] [illegible]

[illegible]

Dans sa main droite luisait un revolver appliqué contre sa cuisse.

Les deux jeunes gens s'étaient assis au pied d'un chêne, à deux [illegible] de la [illegible] d'eau.

— Vous m'aimez bien sincèrement ? demanda la jeune fille.

— Pour la vie, je vous le jure !...

— Il ne vous reste dans le cœur aucune arrière-pensée [illegible]

— Que voulez-vous dire, ma chère Solange ?... Une arrière-pensée [illegible] de vous que j'adore et que je vénère !... Pourquoi [illegible] que je repousse de toutes mes forces !...

— Oh ! merci !... Vos protestations que je sens sincères me font du bien !... J'ai foi en vous, mon doux ami, j'ai besoin d'avoir foi en vous. Autrement, je serais si malheureuse !

Solange n'avait pu retenir un sanglot en disant ces dernières paroles.

— Vous, malheureuse ?... je ne le veux pas ! entendez-vous [illegible] Séchez vite ces vilains yeux qui pleurent. Cela me fait mal de vous voir ainsi !... Et maintenant, racontez-moi votre peine, toute votre peine, pour que je la partage, pour que je la dissipe, si c'est en mon pouvoir.

— Vous m'avez promis de faire une démarche près de mon père, [illegible] demander ma main ?...

— Oui, répliqua l'officier, sans hésitation, je veux que vous soyez ma femme bien-aimée !...

— Cette promesse, le moment est venu de la tenir !...

— Certes, j'y consens... Est-ce que vous avez fait à votre père la confidence de... ?

— Non, il ne sait rien !...

— Alors, d'où vient l'effroi que je devine dans vos yeux ?...

— Oh ! je suis inquiète ! je suis honteuse [illegible] devant [illegible] je n'ose vous en faire l'aveu...

— Quel aveu ?...

— Si, il le faut, reprit Solange en s'armant de courage. [illegible]

[illegible]

apprendra bientôt, comprenez-vous, Armand ?... Depuis hier, je ne vis plus... Je crois que tout le monde me montre au doigt !... Je suis une pauvre fille perdue si vous n'accourez pas promptement à mon secours.

— Oui, mon adorée, rassurez-vous !... Je suis là, je ne vous abandonnerai pas...

— Vous êtes noble et loyal, Armand, et votre langage me rend la vie. C'est que si vous m'abandonniez, voyez-vous, il ne me resterait plus qu'à mourir !...

Un nouveau sanglot s'échappa de la poitrine de la jeune fille. Devant tant de détresse, l'officier se sentit attendri profondément. Son amour s'exalta. Il répondit d'un ton presque solennel :

— Sur mon honneur, Solange, je ferai mon devoir. Vous serez ma femme, je vous le jure !... J'ai pour vous autant de respect que de tendresse...

— Mais ces rendez-vous me condamnent.

— Eh bien, il faut en finir, je suis libre de mes actes, je n'ai plus de parents... notre mariage sera célébré avant un mois. Etes-vous contente, mon adorée ?

— Oh ! oui, bien heureuse !... je n'attendais pas moins de votre grand cœur...

— Ma Solange !...

— Mon Armand !...

Les deux amoureux quittèrent leur siège de mousse pour faire, bras dessus, bras dessous, la main dans la main, leur promenade accoutumée le long du chemin creux. Ils arrivèrent ainsi à l'orée du bois, en face du sentier conduisant à Barjouville.

Comme il existait une différence de niveau entre le sol de la Chesnaie et celui du chemin, le lieutenant de chasseurs passa le premier, aidant à dévaler la pente. La jeune fille avait seule le visage tourné vers la haie qui couronnait le talus opposé.

A ce moment, elle eut une vision terrible !...

Un homme s'était dressé brusquement dans l'échancrure de la haie. Sa silhouette se découpait nettement comme une ombre formidable sur la clarté du ciel. L'apparition la glaça de terreur !...

Cette blouse, ce large chapeau, cette tournure, elle les reconnut aussitôt :

— Mon père !... s'écria-t-elle, épouvantée !...

Et se dérobant à la main de l'officier, elle se sauva dans une course folle par le chemin creux.

Armand se retourna pour faire face au nouvel arrivant. Il n'eut pas le temps d'achever ce mouvement de conversion. Une double détonation retentit et l'officier, atteint de deux balles, tomba sur le sol !...

Ses lèvres ne remuèrent que pour répéter, comme un écho douloureux, ces deux mots :

— Son père !...

Et son corps étendu resta immobile.

Le meurtrier ne chercha pas à s'assurer si sa victime était morte ou non, il s'élança, au plus tôt, vers le petit bois, en sautant par dessus sa victime et disparut dans les brumes de la nuit !... Un silence profond régna sur le théâtre du drame !...

Seul, le cheval du lieutenant, impatient d'une trop longue attente, troubla ce silence par des piaffements répétés. Il se mit à creuser, à coups de sabots, la terre au pied du chêne où il était attaché et, comme s'il eût voulu appeler quelqu'un au secours de son maître, il jeta dans la nuit un lugubre hennissement !...

II

Pages d'amour

Solange Marbeau avait dépassé à peine son dix-huitième printemps. Fille unique d'un agriculteur aisé de Barjouville dont elle était l'idole adorée, elle n'avait jamais connu sa mère morte trop tôt pour elle.

Le père, Charles Marbeau, un rude et probe travailleur, n'avait jamais opposé un refus aux caprices de la jeune fille, non plus qu'à ceux de l'enfant. Sa femme morte, il n'avait plus que Solange sur terre. Son amour paternel n'était que dévouement et aussi faiblesse.

D'un caractère enjoué, Solange, aimant la danse avec frénésie, s'était rendue, avec deux ou trois amies de son village, aux fêtes des localités environnantes, à Beaulieu, à Ver, à Luisant, à Fontenay-sur-Lure, pendant l'été de l'année précédente.

On dansait sur l'herbe, en plein air, par les beaux temps : sous la tente en cas de pluie.

Les premières fois, Charles Marbeau avait accompagné sa fille et assisté bravement à ses ébats d'un bout à l'autre de la séance, la plupart du temps jusqu'au jour. Il fumait sa pipe, il sirotait bien quelques petits verres, mais il avait à lutter, à la fin, contre une envie écrasante de sommeil, contre des bâillements irrésistibles.

— *Ma Solange!*
— *Mon Armand! (Page 3).*

Une brave femme de Barjouville qui veillait aussi sur sa fille lui dit un soir :

— Vous devriez être dans votre lit, monsieur Marbeau, vous n'êtes pas fait pour passer les nuits au bal, après vous être donné tant de mal tout le jour ! Laissez-moi votre fille, quand on veille sur une on peut bien veiller sur deux. Rassurez-vous, j'aurai soin de la vôtre comme de la mienne !...

A partir de ce jour, le père trop confiant avait remis sa faction à sa voisine de Barjouville.

Quelques officiers de la garnison de Chartres avaient éventé ces bals champêtres. Il leur avait paru charmant de s'y rendre en groupe, de danser avec les jolies paysannes et de leur faire un doigt de cour.

Le plus fringant officier de la bande, le bel Armand, avait rapidement jeté son dévolu sur la plus élégante danseuse, Solange Marbeau. Celle-ci ne fut pas insensible aux premières assiduités du trop aimable lieutenant. Lui-même se sentit attiré vers cette belle ingénue, si supérieure de ton et d'allure à toutes ses compagnes. Les reparties, parfois très naïves, de sa jolie danseuse le déroutaient. Dans ces moments, ils se trouvaient, elle, avec son ignorance de la vie, lui, malgré les témérités habituelles à sa profession, aussi timides, l'un que l'autre.

Et l'amour flamba, pétillant, splendide, dans leurs deux cœurs embrasés.

Dans l'exaltation de sa tendresse, le jeune officier désirait violemment se trouver seul, avec Solange, dans un tête à tête prolongé, loin de toute réunion mondaine, à l'abri de toute curiosité.

La première fois qu'il lui demanda un rendez-vous, elle en frémit comme d'une offense. Il la laissa sous l'impression d'un froissement qui ne tarda pas à se transformer. Au sentiment de l'offense succéda celui de la peur de déplaire à celui qu'elle aimait et dans lequel elle avait toute confiance.

En qui aurait-on confiance, sinon en celui que l'on aime ? Il revint à la charge.

— J'ai absolument besoin de vous parler en secret, ma chère Solange, lui murmura-t-il à l'oreille dans ces moments de voluptueuse privauté que facilite étrangement la valse. Ne me refusez pas cette faveur, je vous en supplie !...

— Mais, je ne vous la refuse pas, balbutia-t-elle, fortement décontenancée. Vous pouvez... me parler... tout à votre aise !...

— Ici, non. Dans cette cohue qui nous écoute, qui nous épie, ma langue se paralyse... Les mots se figent sur mes lèvres... J'ai trop de confidences à vous faire... et je souffre de ne pouvoir vous ouvrir mon cœur.

Il s'exprimait d'une voix si douce, si attendrie qu'elle se sentait subjuguée. Elle se ressaisit un instant pour dire.

— Venez chez mon père !...

— Oui, certainement, répondit-il avec chaleur, j'irai chez votre père, je lui ferai part des sentiments que vous m'inspirez ; mais, je vous en prie, Solange, pas tout de suite !... C'est à vous, à vous seule que je veux parler, tout d'abord, pour vous exprimer tout l'amour que j'ai pour vous. Ne vous défendez pas !... C'est de l'adoration, c'est un culte divin !... Vous me rendriez le plus malheureux des hommes si vous ne consentiez pas à vous rendre à ma prière !...

— Mais enfin, monsieur, objecta-t-elle toute troublée, toute palpitante, c'est peut-être mal ce que vous me demandez ?

— Non, vous n'avez rien à craindre auprès de moi !... Je vous parle en toute honnêteté, comme en franchise. Qu'est-ce que je sollicite de votre amitié ? Un entretien seul à seule, de quelques minutes, le soir, à la clarté des étoiles !... Après vous avoir vue, après avoir épanché mon cœur, je vous quitterai heureux !... Nous concerterons ensemble la démarche que je devrai faire auprès de M. Marbeau. Voilà tout. Il faudrait que vous n'ayez aucune affection pour moi, aucune estime même, pour persister dans votre refus.

— Oh ! monsieur !... soupira-t-elle encore, en manière de protestation !...

Le jeune officier employait au hasard, avec sincérité, du reste, tous les arguments qui lui venaient à l'esprit. Il lui faisait luire la promesse d'une démarche qui devait convaincre. Il ne mentait pas au moment où il parlait. L'impétuosité de sa passion lui dictait seule son langage.

Rassurée, éblouie par la perspective d'un mariage qui réalisait son plus beau rêve, Solange finit par céder. Elle accorda un premier rendez-vous, le soir, par une splendide nuit de mai « à la clarté des étoiles », comme son cavalier le lui avait demandé.

Naturellement, ce premier rendez-vous fut suivi d'un second, puis d'un troisième et de plusieurs autres encore.

Sauliac, malgré le scepticisme dont il faisait quelquefois parade, ne cherchait pas à savoir où cette passion le mènerait. Elle lui remplissait le cœur. Il la savourait avec d'autant plus de délices qu'il la sentait partagée.

Ce n'était plus l'amour banal qu'il avait toujours rencontré, d'autant plus prompt à s'éteindre qu'il était facile à satisfaire.

Solange avait pu commettre la faute d'accéder au désir de Sauliac, en acceptant de venir à ces rendez-vous. Un fatal entraînement n'allait-il pas la faire glisser sur la pente d'une liaison hasardeuse ?... Son honnêteté native, son éducation, sa fierté de caractère devaient heureusement la protéger.

Autour d'elle se dressait un rempart de protection presque inattaquable. Ce rempart était fait de la pudeur sacrée de la jeune fille, de son ignorance du mal, de sa résistance instinctive à toute tentative d'assaut, de la franchise et de l'innocence de son amour.

Sauliac oserait-il faire irruption à travers toutes ces barrières, saccager tous ces moyens de défense ?

Non !... Alors ?... Le mariage ?...

Solange avait rappelé à deux ou trois reprises au lieutenant l'engagement qu'il avait pris de parler à son père. Dans sa loyauté, il s'avouait qu'il devait tenir sa promesse, il y était formellement décidé lorsqu'il tomba, dans le chemin creux, atteint de deux balles de revolver !...

III

Heures d'angoisses

En reconnaissant son père, Solange avait été prise d'affolement. Toute présence d'esprit l'avait abandonnée. Elle ne pensait plus à rien qu'à cette apparition terrible sur la crête du talus, au-dessus du chemin creux. L'effroyable silhouette prenait dans son imagination des proportions gigantesques qui lui donnaient le vertige.

Elle fuyait d'une course éperdue dans la nuit. Dans sa fuite, elle passa auprès d'un être humain qu'elle ne vit pas.

C'était une vieille mendiante, bien connue dans tout le pays, bossue, recroquevillée, marchant en s'appuyant sur un bâton, redoutée pour sa mauvaise langue et toujours bien accueillie cependant pour les méchantes histoires qu'elle racontait sur tout le monde.

On la nommait dans les villages, la mère Marianne. Elle s'appelait en vérité Marie-Anne Cochepain et bien qu'elle n'eût encore que soixante-quatorze ans, elle en paraissait quatre-vingt-dix !...

Quoique courbée sur son bâton, elle allait toujours par monts et par vaux, la nuit comme le jour, en traînant le pied, mais ne s'arrêtant guère. Les enfants la redoutaient, les parents se servaient de la mère Marianne comme d'un épouvantail.

Si Solange ne la vit pas, elle fut parfaitement reconnue par la vieille sorcière qui pivota sur elle-même et lança à la fugitive un œil mauvais. Elle dirigea son bâton contre elle et grommela d'une voix cassée :

— Tu te sauves, coquine !... Il paraît qu'on a fait la chasse aux amoureux !... Va, cours, on te rejoindra !... Hé, hé, hé !...

Solange n'entendit pas l'horrible vieille.

Elle courut ainsi une heure sans savoir où, obéissant à l'impulsion de la peur délirante, n'osant pas reprendre le chemin de la ferme !... Instinctivement, pourtant, elle revint chez son père et rentra sans bruit dans sa chambre de jeune fille. Elle se jeta sur son lit comme une masse inerte et resta immobile, écrasée de fatigue et de stupeur.

Lorsqu'elle se réveilla, le jour commençait à poindre.

Tout le drame de la veille se déroula devant elle. Elle en revécut, pour ainsi dire, les instants sinistres. La haute silhouette de son père, se découpant en masse d'ombre sur la clarté du ciel, lui apparut encore menaçante et vengeresse au-dessus du talus, dans l'échancrure de la haie.

Son père !...

Elle en frissonna encore dans tout son être.

A ce frisson s'ajouta aussitôt la sensation d'une douleur aiguë, insupportable, car elle se rappela sur-le-champ, le bruit de deux détonations : deux coups d'une arme à feu tirée à quelques pas de distance, sur... son fiancé !... par son père !...

Armand de Sauliac était grièvement blessé, mort, peut-être !

Solange se mordit les lèvres pour arrêter au passage les sanglots qui gonflaient sa poitrine.

— Mon Dieu ! mon Dieu !... gémit-elle... Oh ! je veux savoir ! je veux savoir !...

Elle mit les pieds sur le tapis et regarda la pendule sur la cheminée :

— Trois heures !... murmura-t-elle !... Trois heures !... Il y a trois heures qu'il est tombé là-bas, dans le chemin !... Il est resté seul, abandonné, sans secours, râlant dans une mare de sang !... Oh ! lâche que je suis !... Au lieu de rester auprès de lui, je me suis sauvée ! Au lieu de mourir avec lui, je n'ai songé qu'à la fuite !... Et lui qui venait de me promettre qu'il me donnerait son nom et sa vie, n'est-il pas mort à cause de moi ?... Oh ! mourir avec lui !...

Elle fit un mouvement vers la porte pour se précipiter dehors. Ses lèvres murmuraient confusément :

— Que son assassin me tue aussi !...

Une réflexion la rejeta défaillante sur une chaise :

— Mais son assassin, c'est mon père !... Mon père !... est-ce possible !...

L'image d'Armand Sauliac, couché dans son sang, abandonné dans la clairière, par cette nuit de malheur, lui apparut et raviva la plaie aiguë de son cœur.

La ferme, à présent, s'emplissait de rumeurs. Tout le personnel était debout, allant et venant, reprenant ce matin les occupations de la veille. On entendait au dehors la joyeuse chanson d'un garçon de labour.

Irrésolue, la gorge haletante, Solange rentra dans sa chambre, attendant avec anxiété la visite de son père.

Tout en prêtant l'oreille aux moindres bruits, elle remit un peu d'ordre dans sa toilette. Elle passa une serviette mouillée sur ses joues blêmes, lissa d'un coup de peigne les noirs bandeaux de sa chevelure et changea de robe ainsi que de corsage.

La porte de son père s'ouvrit en face de la sienne.

Elle frissonna et se raidit une seconde contre l'effroi qui la secouait. Puis, la peur fit place à la surprise, les pas de son père ne venaient pas de son côté.

Elle courut à la fenêtre. Par la transparence du rideau blanc, elle aperçut M. Marbeau qui traversait la cour d'une allure paisible, le visage bon et reposé comme de coutume.

Puisque son père ne venait pas à elle, elle résolut d'aller à lui. Aussi bien cette rencontre était inévitable. Mieux valait qu'elle eut lieu de suite.

Sa décision prise, elle s'élança dans la cour.

Le fermier s'éloignait, sur le point de disparaître derrière un hangar.

— Papa ! cria-t-elle.

A sa vue, il eut un grand geste de surprise et revint sur ses pas, en accélérant sa marche. Une expression d'inquiétude se peignit sur son visage.

— Toi, mon enfant, s'étonna-t-il. Te voilà éveillée déjà, comme les alouettes !...

Lorsqu'il fut près de sa fille, il remarqua ses traits pâlis, ses yeux profondément cernés, l'expression de souffrance répandue sur toute sa physionomie.

— Hé, mais ?... qu'as-tu, mon enfant ?... ajouta-t-il avec un accent de tendresse anxieuse... Tu as une figure toute décomposée, il t'est arrivé quelque chose ?... Quoi, ma chérie ?... Parle, tu m'effrayes !...

Il l'embrassa et la regarda dans les yeux comme s'il eût voulu lire en son âme. Elle le fixa elle-même, avec une attention étonnée. Elle ne démêla sur le visage de son père que l'expression de la plus vive sollicitude, il n'y avait dans ses paroles que la marque de la plus grande affection.

Solange balbutia, troublée :

— Il n'y a rien, mon père.

Il la prit par les deux mains, la regardant toujours :

— Mais si, mon enfant !... Tu me caches quelque chose !... Je le vois bien, tu n'as pas ta bonne figure de tous les jours !... Et puis, tu n'as pas l'habitude de te lever avec les moissonneurs ! Il est à peine quatre heures en ce moment.

— C'est vrai, mon père, vous avez raison, répondit Solange, en reprenant un peu de confiance. J'ai passé une mauvaise nuit...

— Tu as été malade ?...

— Non, mon sommeil a été troublé par des cauchemars !... Si je me suis levée si matin, c'est que je vous ai vu dans mes rêves, et que !...

— Ma vue t'effraye à présent au point de te donner des cauchemars, ah ! bah ! interrompit-il.

Des éclats de voix, des exclamations bruyantes lui firent tourner la tête. La jeune fille tendit ses regards dans la direction du bruit.

Du sentier qui conduisait de la maison au petit bois de chênes débouchait un paysan qui accourait à pas précipités, suivi des gens de la ferme :

— C'est Sidore, le gars à Routier, reconnut Marbeau. Qu'est-ce qu'il y a ?...

— Vous ne savez pas la nouvelle ?... père Marbeau, cria le jeune homme haletant.

— Non, mon garçon, quelle nouvelle ?...

— Un lieutenant de chasseurs a été assassiné cette nuit, à la Mare-aux-Chênes...

La foule des travailleurs présents à l'entretien fit retentir des cris d'indignation. Solange, frissonnante, exhala une plainte prolongée :

— Ne crains rien, ma mignonne, lui dit aussitôt son père, et rentre dans ta chambre !...

Sans tenir compte de cette recommandation, Solange [illegible] le messager :

— Isidore, articula-t-elle avec force.

— Mademoiselle !

— Est-ce qu'il est... mort ?...

— Je n'en sais rien, à vrai dire, mais il en a **bien l'air !...**

— Courons, mon père !

Avant que Marbeau eût pu faire un geste pour la retenir, Solange prit les devants.

Lorsqu'elle arriva suivie de son père et des gens de **la ferme à la** Chesnaie, elle s'arrêta sur le talus, incertaine, surprise.

Devant elle, dans le chemin, aucun corps étendu !...

Une seule créature vivante était là !... Marianne Cochepain, pliée sur son bâton, et relevant la tête, pour lancer un petit œil sournois sur les nouveaux arrivants.

A dix pas, une auto stationnait et le chauffeur, flânant à terre, coupait tranquillement une baguette dans la haie !...

IV

La mère Marianne

Marie-Anne Cochepain, la vieille mendiante, avait une dent cruelle, la seule peut-être qui lui restât dans sa mâchoire dégarnie, contre la fille de Charles Marbeau.

Après l'avoir invectivée dans la nuit, elle avait repris sa route, clopin-clopant !...

En arrivant au petit bois de chênes, elle aperçut un corps étendu à travers le chemin, en pleine lumière, immobile.

La figure et les mains étaient d'une blancheur de cire. Les paupières à demi tombées ne laissaient filtrer à travers les cils que des regards éteints. Deux blessures saignaient : l'une, près de la tempe gauche, l'autre, à l'épaule droite.

— Il est mort !... dit Marianne en se penchant sur la malheureuse victime.

Elle l'examina de tout près quelques instants.

— C'est dommage ! ajouta-t-elle, un si beau garçon !...

La montre-bracelet d'Armand brillait à son poignet gauche et jetait un éclat métallique au clair de lune. La mégère contempla le bijou. Une étincelle de joie jaillit de ses prunelles clignotantes :

— Je puis bien la prendre, grommela-t-elle, il n'en a plus besoin ce beau seigneur idolâtré de toutes les jeunesse du canton !...

En se penchant pour défaire l'objet de sa convoitise, la vieille se sentit comme frôlée par une petite haleine.

— Que les saints me protègent, murmura-t-elle, on dirait qu'il vit !...

Elle déboutonna promptement le veston et appuya sa main décharnée sur le côté gauche de l'officier de chasseurs. L'air entra plus libre dans la poitrine délivrée du vêtement qui la comprimait. En même temps Marianne sentit les très faibles battements du cœur !

— Ma foi, il n'est pas mort ! constata-t-elle, mais en vaut-il mieux ?... Et puis, qu'est-ce qu'il me reste à faire, à moi ?...

Elle lança un regard sournois au cadavre récalcitrant et elle demeura pensive, le front hargneux, le nez crochu plus rapproché que jamais du menton en saillie, se demandant si elle ne devait pas achever l'œuvre de l'assassin.

Un mort, ça se laisse dépouiller et ça ne réclame pas les objets qui lui ont été enlevés, l'argent surtout !... Il devait y en avoir dans l'une des poches !... L'affreuse vieille étendit ses doigts crispés vers le jeune homme pour procéder sans délai à une fouille minutieuse :

— Si, les morts parlent !... si, les morts dénoncent les voleurs qui les ont détroussés !... Des jaunets à moi qui n'ai jamais eu dix sous vaillant... Vieille bête !... Il y a mieux à faire !... On sait ce qu'on sait !... Je le reconnais, le bel amoureux de Solange !... Ah ! Ah !...

La scène changea brusquement d'aspect. De menaçant qu'il était, le visage de Marianne devint presque bienveillant. La mégère se transforma en garde-malade soigneuse, expérimentée.

— D'abord, un petit pansement, dit-elle.

Elle fouilla dans les poches du veston et en retira un mouchoir qu'elle alla tremper dans la « Mare-aux-Chênes ». Elle en ceignit comme d'un bandeau le front brûlant du blessé, de manière à couvrir la terrible balafre qui sillonnait le côté gauche de la tête, de l'os frontal à l'occiput. Une blessure qui eût été mortelle à un millimètre d'épaisseur.

A l'épaule droite, l'état présent de la blessure paraissait moins favorable. Il s'en échappait encore quelques gouttes de sang stillant peu à peu sur le sol où s'élargissait la tache rouge.

Marianne prit cette fois son mouchoir, une loque de couleur, qu'elle banda tant bien que mal autour de l'épaule.

— Maintenant, grogna-t-elle, quand elle eut terminé, au plus pressé. A l'heure qu'il est, j'ai le temps de me rendre à Chartres, avec mes vieilles jambes, avant que les gens de Barjouville mettent le nez aux fenêtres.

Le père Charles Marbeau fumait sa pipe (Page 4).

Il était minuit et demi lorsqu'elle se mit en route. Elle avait six grands kilomètres à faire pour atteindre la ville.

En pressant le pas autant qu'elle le pouvait, en multipliant les coups de canne, sur la chaussée de la grand'route, elle ne mit pas moins de deux heures pour arriver. Elle alla directement chez le commissaire.

Les premiers rayons de l'aurore annonçaient l'arrivée du jour. Le crépuscule du matin ouvre les yeux de bonne heure, en juillet.

Au deuxième coup de sonnette de la mère Cochepain, la tête ébouriffée du commissaire apparut à une fenêtre. Marianne se redressa.

— J'vous d'mande excuse, m'sieur l'commissaire !... Y s'agit d'un crime !... un assassinat, p't'êt' ben !...

— Un crime, un assassinat ?... où ça ?...

— A la « Mare-aux-Chênes », sur la commune de Barjouville, mon bon monsieur !...

Pendant ce dialogue, la domestique du commissaire était venue ouvrir la porte et s'était avancée sur le seuil. Le magistrat lui cria de la fenêtre :

— Faites entrer, Julie, dans mon bureau, je descends.

La mère Marianne emboîta le pas à la bonne et pénétra à sa suite dans le cabinet privé du magistrat.

Elle s'affala plutôt qu'elle ne s'assit. La longue course qu'elle venait de faire en surmenant son corps amaigri l'avait anéantie.

Le commissaire de police, M. Martin, était un excellent homme dans la force de l'âge, très dévoué à son service. Il apportait un zèle et une activité infatigables dans les affaires de son ressort. Il s'empressa de s'habiller et de descendre auprès de l'étrange visiteuse.

— Qui a-t-on assassiné ? lui demanda-t-il. Un homme ?...

La mère Marianne était si peu remise encore de sa course et si émotionnée de se trouver face à face avec le magistrat qu'elle ne répondit que par un signe négatif de la tête.

— Une femme, alors ?...

— Non !

— Un enfant ?...

— Non, mon commissaire, non !...

— Voyons, expliquez-vous !...

— C'est que j'vas vous dire, mon commissaire, vous ne me donnez pas le temps de souffler !... Bien qu'il soit en civil, je crois que c'est un militaire...

— Un soldat ?...

— Non !... Un officier ! Il me semble l'avoir reconnu. Ça doit être un lieutenant de chasseurs de la garnison de Chartres !...

— Est-il mort ?...

— Je n'crois pas, à moins qu'y n'soit trépassé depuis que j'l'avions quitté, ce qui serait ben possible !...

— Et l'assassinat a eu lieu, disiez-vous, à la « Mare-aux-Chênes » ?...

— Oui, mon commissaire, à deux p'tites lieues d'ici que je viens de faire à pied, à seule fin de vous prévenir !...

— C'est bien, vous êtes une brave femme !... Je vous remercie. Vous allez m'attendre là. Je vous ramènerai en voiture !...

En disant ces mots, il s'était assis près d'une petite table-bureau et il écrivait à la hâte quelques lignes, sur un papier à en-tête du commissariat.

— Julie, vous êtes là ?... s'informa-t-il dès qu'il eût fini d'écrire.

— Oui, monsieur, répondit la bonne qui n'avait pas perdu un mot de la conversation.

— Eh bien, vous allez porter ce message à M. le procureur de la République, pendant que je cours au quartier de cavalerie demander une ambulance et l'intervention du major que je désire emmener sur les lieux avec moi !...

— Bien, monsieur !...

Laissant la mère Marianne endormie sur sa chaise, la bonne et le maître sortirent.

En quelques minutes, le commissaire fut au quartier de cavalerie. Le capitaine de service, Barroux, se trouvait là.

— Qui vous a apporté la nouvelle ? monsieur le commissaire, demanda l'officier.

Une vieille paysanne. Elle prétend avoir reconnu dans la victime un lieutenant de chasseurs de la garnison de Chartres... Le crime a été commis cette nuit, à la « Mare-aux-Chênes ».

— Ah ! nom de Dieu ! ça y est !... Armand est tué !...

— Vous êtes au courant, capitaine ?...

Mais l'officier n'écoutait plus. Il s'était précipité dans le corps de garde :

— Mon cheval, sacré mille tonnerres !... Mon cheval !... Il devrait être ici depuis deux heures !... Qui est-ce qui m'a fichu des empaillés comme ça ?... Prévenez le major, de suite, et plus vite que ça, bon sens !... Ah ! mon pauvre ami, je gage que c'est lui !...

Il trépignait sur place, tantôt parlant à tue-tête, tantôt grognant d'une voix sourde, selon qu'il donnait des ordres ou traduisait ses réflexions. Deux chasseurs étaient aussitôt partis, l'un prévenir l'ordonnance de seller le cheval du capitaine, l'autre à la recherche du major.

— Et qu'on fasse sortir l'ambulance !... Au trot, nom de Dieu ! au trot !... A côté de Barjouville, c'est bien ça !... Et il est blessé, mourant !... Qu'on m'amène mon cheval, encore une fois ! Est-ce que mon ordonnance se fiche de moi !... Ah ! nom d'une bombe, je lui ferai avaler du bloc !... Pauvre Armand ! il nous appelle peut-être à son secours !... Ah ! quelle lenteur !... Mon cheval !...

— Voilà mon capitaine !...

L'ordonnance arrivait, suivi du major, lui aussi à cheval. Capitaine et médecin piquèrent des deux cependant que le commissaire montait dans la voiture d'ambulance. Il priait de prendre la mère Marianne, chez lui, en passant.

Il était près de quatre heures du matin lorsque les cavaliers s'arrêtèrent sur les lieux du sinistre.

Il faisait grand jour.

Du plus loin qu'il le vit, le capitaine Barroux reconnut son ami.

— C'est bien lui !... s'écria-t-il, c'est ce cher Armand !... Ah ! major, je tremble !... C'est la première fois de ma vie que j'ai peur !...

Les deux officiers sautèrent de cheval et, sans prendre le temps d'attacher leurs montures, se penchèrent sur le corps :

— Quelle pâleur ! ajouta le capitaine !... Eh bien, major ?

Celui-ci avait rapidement découvert la poitrine de Sauliac et consulté le pouls en palpant l'artère du poignet :

— Vivant !... répondit-il.

— Vivant !... répéta le capitaine, la figure épanouie.

— Oui, mais c'est si peu !... Les pulsations sont insensibles. On dirait que le cœur va flancher !...

— Alors ?... interrogea anxieusement Barroux.

— Alors, voici pour commencer !... Je vais remettre un peu d'huile dans les rouages.

Le major, en disant cela, tirait un flacon de rhum de sa poche et prenait, dans sa trousse qui ne le quittait pas, une spatule en nickel qu'il introduisit entre les dents du blessé, de manière à les desserrer.

Par l'ouverture, il versa à larges gouttes la réconfortante liqueur qu'il avait eu la précaution d'apporter.

A ce moment, la voiture d'ambulance suivie d'une auto de maître stoppait à l'entrée du chemin creux. De la première descendaient le commissaire de police et la mère Marianne, de la seconde, deux personnages aux redingotes sévères : le Procureur de la République, M. de Mondion et un juge d'instruction, M. Duvauchelle.

En apprenant par la lettre du commissaire que la victime du crime de la « Mare-aux-Chênes » devait être un officier de chasseurs, de Chartres, le procureur avait immédiatement envoyé Julie réveiller un juge. Il ne fallait pas que la magistrature fût accusée de lenteur dans un cas qui intéressait l'armée. Il décidait de se rendre immédiatement sur les lieux du crime.

Avec son auto dans laquelle il emmenait M. Duvauchelle, M. de Mondion rattrapa l'ambulance à l'orée du bois.

Comme s'il eût voulu répondre à l'appel de son ami, Armand, sous l'action réchauffante du rhum, fit un mouvement. Lorsque les magistrats arrivèrent, son trop long évanouissement tendait à se dissiper...

Alors, ses lèvres tremblèrent et murmurèrent comme une douce plainte, ce nom :

— Solange !...

— Que dit-il ?... demanda le juge d'instruction qui venait de descendre et formait, avec le procureur de la République, la mère Cochepain, le capitaine, le commissaire et le major, un cercle compact autour du lieutenant.

— Il a murmuré le nom de Solange, répondit le chirurgien.

Un soupir s'exhala de la bouche du blessé qui laissa encore entendre ces mots, balbutiés avec un accent d'angoisse :

— Ah ! son père !...

— Son père !... Tonnerre de Dieu !... s'écria Barroux, devenu blême de colère et d'effroi !...

— Il faut le questionner de suite, opina le procureur de la République. Nous devons savoir à l'instant le nom du meurtrier.

— Inutile, monsieur le procureur, répliqua le major. Le blessé est incapable de vous répondre.

— Mais, monsieur le major !...

— Il n'y a pas de monsieur le major !... Je maintiens ce que j'ai dit. J'ai charge d'âme !... Pour votre gouverne, voici ce que je constate pour l'instant : deux blessures par arme à feu. L'une peu importante à la tête. La balle a glissé sur la boîte crânienne en emportant seulement une lanière de cuir chevelu ; l'autre, plus grave, à l'épaule droite, très pénétrante, avec fracture probable de l'omoplate. L'évanouissement est dû au traumatisme et aussi à la perte de sang par les deux orifices. Notre blessé a besoin des soins les plus minutieux et les plus urgents. Il en a reçu de sommaires, très sommaires, si j'en juge par ces deux mouchoirs singulièrement appliqués.

— C'est moi qui les ai mis pour tâcher d'arrêter le sang, intervint Marianne.

— C'est bien, ma brave femme, je vous remercie de cette attention pour mon camarade, le lieutenant Armand de Sauliac, auquel vous avez peut-être sauvé la vie, en accourant nous prévenir !...

La vieille esquissa une grimace de contentement :

— Messieurs, reprit le major, je vous laisse à votre enquête. Et maintenant Barroux, à nous deux. Enlevons Armand avec précaution et portons-le à la voiture d'ambulance.

— Voulez-vous que je vous aide ?... demanda le commissaire de police.

— Volontiers, monsieur le commissaire, répondit le docteur. Je prends la tête ; vous, les pieds ; le capitaine soutiendra le poids du corps !... Attention et doucement !...

Durant cette translation, le lieutenant, quoique plongé dans une effrayante syncope, laissa encore échapper deux longs gémissements :

— Solange !... Son père !...

V

Les trois hommes noirs !...

Les militaires partis, les trois magistrats se mirent à explorer la Chesnaie, cherchant des pistes, fouillant les branchages. Ils allaient séparément, pour n'avoir pas à partager la gloire de leurs découvertes.

Seule, la mère Marianne était restée, attendant les événements.

Sa présence, son attitude narquoise causèrent de suite une impression de terreur à Solange quand elle arriva sur le lieu fatal. Il lui sembla qu'elle se trouvait devant un monstre malfaisant, agressif, et elle en ressentit presqu'autant d'effroi qu'à la vue des taches rouges qu'Isidore, le garçon de ferme, montrait à l'instant même à son père :

— Tenez, monsieur Marbeau, disait-il, c'est là que se trouvait la victime.

— Isidore a raison, dit la vieille mendiante en dardant les yeux sur la jeune fille, c'est là que l'officier a été assassiné !...

— Alors, où est le corps de la victime ? interrogea le fermier.

— Il est parti pour la ville, mon bon monsieur Marbeau, répondit elle.

— On est venu le chercher ?...

— Oui, le médecin-major et un capitaine.

— Il vivait ?... questionna craintivement Solange.

La mère Marianne garda le silence comme si elle n'avait pas entendu.

— Est-ce que vous êtes sourde, la Marianne ? intervint Isidore, Mlle Solange vous demande s'il était vivant.

— Dame ! mon garçon, je le crois !... bien que !...

Marianne en resta là de sa réplique. Le juge d'instruction, M. Duvauchelle, sortait d'un fourré et s'approchait d'eux.

Le nom de Solange qu'il venait d'entendre à nouveau, ce nom que le blessé revenant à la vie, avait murmuré faiblement, que le major avait répété et que redisait un campagnard en regardant précisément l'endroit où le jeune lieutenant était tombé, ce nom retentissait avec une singulière sonorité dans son oreille de juge.

— Qui est-ce donc, Mlle Solange ?... demanda-t-il.

A cette interrogation, Marianne répondit aussitôt en désignant :

— C'est elle, monsieur le juge !...

Un juge, déjà ?... Tous les yeux s'écarquillèrent.

— Ah ! c'est vous, mademoiselle Solange ?...

Elle ne put supporter l'implacable curiosité qui se dégageait de ses froides prunelles. Elle baissa la tête avec un frisson de tout son corps, avec le pressentiment de malheur que cet homme portait en lui.

Devant l'attitude embarrassée de **sa fille, Charles Marbeau crut** devoir répondre pour elle :

— Oui, monsieur le juge, c'est Solange Marbeau. Je suis son père !...

— Bon, le père à présent !... pensa M. Duvauchelle.

— Vous connaissiez, demanda-t-il lentement à Solange, le lieutenant Armand de Sauliac ?...

La jeune fille rougit, ne sachant quelle réponse donner.

— Réponds donc à monsieur le juge, intervint encore le fermier. C'est la seconde fois qu'il t'interroge et que tu gardes le silence. Oui, monsieur le juge, ma fille connaissait le lieutenant de Sauliac comme le connaissaient les autres filles du pays. Messieurs les officiers de Chartres viennent les faire danser dans les bals de fêtes...

— Et vous, comment connaissiez-vous M. de Sauliac ?...

— Oh ! de vue, seulement !...

— Vous ne lui avez jamais parlé ?...

— Jamais. Pourquoi me demandez-vous ça ?...

Sans répondre à cette question ni en relever la trop libre allure, le juge d'instruction fit deux pas en avant et avisant la mendiante :

— Quel est votre nom, ma bonne femme ?...

— Il est mort !... dit Marianne, en se penchant sur la malheureuse victime. (Page 8).

— Je m'appelle Marie-Anne Cochepain. Dans le pays, on me nomme la mère Marianne.

— Bon ! Comment avez-vous été mêlée au drame de cette nuit ?

— Mêlée !... moi, ah ! que nenni, mon bon juge, j'y sons pour rien !... J'm'étions couchée hier au soir, su' l'coup de dix heures, dans eune loge ed' berger qu'est comme qui dirait à deux cents pas d'ici, car l'été, voyez-vous, mon bon juge, les nuits all's sont tièdes !...

En ce moment, on entendit ces mots partir du bois de chênes :

— Tiens !... un chapeau de paille !...

Le juge d'instruction, une fois encore, dressa l'oreille. Il venait de distinguer la voix de M. de Mondion.

Les paysans jetèrent les yeux sur la profondeur du bois, très étonnés de voir un monsieur habillé sévèrement de noir sortir du bouquet d'arbres, un chapeau de paille à la main, un chapeau d'une fraîcheur plutôt douteuse et qui ne lui appartenait certainement pas, puisque sa tête était coiffée d'un impeccable haut-de-forme.

— Mais, c'est votre chapeau, monsieur Marbeau, s'écria Sidore.

— En effet, on dirait mon chapeau, déclara le fermier dont la figure exprima la surprise ! Comment diable est-il ici ?...

— Dame, c'est votre casquette que vous avez sur la tête !...

— Alors, dit M. de Mondion en marchant vers le fermier, ce chapeau est à vous, le monsieur à la casquette ?...

— Oh ! je ne puis le nier, fit Marbeau en avançant la main pour reprendre sa coiffure.

— Non, permettez-moi de le garder jusqu'à nouvel ordre, sourit ironiquement le procureur. Expliquez-moi donc dans quelle circonstance vous l'avez laissé ou perdu dans ce bouquet d'arbres ?...

A cette question posée à son père, Solange pâlit affreusement.

Interloqué de la résistance de cet inconnu qui élevait la prétention de garder son chapeau, Marbeau riposta tout d'abord :

— Je ne vous connais pas, monsieur, qui êtes-vous pour me parler de la sorte ?...

— Je suis le procureur de la République, à Chartres, répliqua froidement M. de Mondion.

Un procureur après un juge ! Les paysans ouvrirent des yeux effarés. Le fermier éprouva un sentiment de vague inquiétude :

— Je vous demande pardon de ma hardiesse, monsieur le procureur, s'excusa-t-il. Quant à ce qui est de mon chapeau, il m'est impossible de vous expliquer le comment ni le pourquoi de sa présence dans la Chesnaie. Je suis sûr de l'avoir accroché hier, chez moi, au porte-manteau, en revenant des champs !... Ce matin, j'ai mis ma casquette, pour aller jusqu'aux écuries, j'ai été retenu par ma fille qui s'est levée beaucoup plus tôt qu'à l'ordinaire et que j'ai crue malade. Puis on est venu nous annoncer l'assassinat en cet endroit ; nous sommes accourus.

A ce moment, une autre voix se fit entendre du côté de la mare :

— Mais c'est un revolver !... Venez donc voir, je vous prie, messieurs !...

Les deux magistrats prirent la direction, cependant que les campagnards attirés par la curiosité suivaient à distance respectueuse.

Le commissaire de police, agenouillé devant la mare, s'efforçait de ramener, au moyen de la béquille de sa canne, un objet luisant dont la forme indiquait nettement la nature bien qu'il fût aux trois quarts caché dans les herbes...

— Attendez, fit le juge.

Il se retourna du côté des paysans, aperçut Isidore et l'appela :

— Jeune homme, venez donc.

Isidore ne se fit pas répéter cette invitation.

— Me v'là, monsieur le juge !...

— Allez donc, mon ami, chercher cette arme, là, voyez-vous, vous ne devez pas craindre de vous mouiller les pieds.

— Ben sûr que non, monsieur le juge, répliqua le garçon de ferme en ôtant ses sabots, j'ons point de chaussettes et mon pantalon craint rien !...

Il le releva pourtant au-dessus du genou et retroussa sa manche de chemise jusqu'à l'épaule. Il cueillit sans difficulté l'objet luisant.

— Ah ! bon sang ! s'exclama-t-il, on dirait !... mais il se mordit les lèvres et n'acheva pas sa phrase.

Le procureur de la République qui le regardait entendit cependant.

— Dites-moi, mon ami, vous venez de reconnaître cette arme, n'est-ce pas ?... A qui pensez-vous qu'elle appartienne ?

— Je n'en sais vraiment rien, monsieur le procureur. Ça m'avait paru comme ça !... Tous les revolvers se ressemblent !...

— C'est possible ! mais vous vouliez nommer quelqu'un, le propriétaire de celui-ci. Quel est le nom qui vous est venu à l'idée ?...

— Oh ! un nom... balbutia Isidore, effrayé de la dénonciation qu'on lui demandait et dont il sentait confusément la gravité. Pas un nom, seulement, mais deux, trois, monsieur le procureur, une dizaine !.... Il y a des tas de gens qui ont des revolvers !...

Pendant ce colloque, Marbeau avait fait deux pas vers le procureur.

— Permettez-moi d'examiner l'arme, dit-il à M. de Mondion.

— Mon père !... cria Solange.

C'était une supplication autant qu'un cri d'alarme.

Le fermier n'en eut cure. Il dirigea sa main vers le revolver. Mais le procureur de la République ne s'en dessaisit pas plus que du chapeau. Il se contenta de lui mettre l'arme sous les yeux.

Marbeau regarda le dessin de la crosse en bois d'ébène sculpté, le numéro sur le barillet, l'extrémité de la gâchette, un peu bossuée :

— Ce revolver est le mien, déclara-t-il.

— Mon père !... s'écria une seconde fois Solange !...

Et elle s'affaissa évanouie sur le gazon.

Le fermier s'élança auprès d'elle et la prit dans ses bras :

— Ma Solange, ma chérie, qu'as-tu ?... Reviens à toi, pourquoi cette voulu me suivre ?... Mon Dieu !... Elle ne rouvre pas les yeux !... Qui me viendra en aide ?...

Mais déjà, Clémence, sa domestique, avait trempé un mouchoir dans l'eau et elle tamponnait les tempes et le front de la jeune fille.

Sous les caresses et les tendres appels de son père, sous les soins maternels de la bonne servante, Solange reprit peu à peu connaissance tandis qu'impassibles, les trois magistrats échangeaient à voix basse quelques observations.

— Voilà un crime qui ne nous donnera pas trop de fil à retordre, conclut le procureur. C'est inouï comme certains criminels se laissent bêtement pincer. Votre rôle commence, mon cher Duvauchelle. L'affaire est simple et dégagée de toute obscurité. Pas le moindre nuage !... Nous avons tout sous la main, le coupable, la victime, l'instrument du meurtre, le chapeau attestant le passage du criminel et peut-être même des témoins oculaires, avec la jeune fille qui répond au nom de Solange et la vieille mendiante qui a donné des soins !...

Le juge d'instruction leva la tête :

— Monsieur Marbeau, voulez-vous approcher, seul ! appela-t-il, en dardant son regard sur le fermier.

Celui-ci laissa sa fille aux soins de Clémence et approcha.

— Ce revolver est bien le vôtre, continua M. Duvauchelle.

— Oui, monsieur.

— Et ce chapeau vous appartient aussi ?...

— Oui, aussi !...

— Il n'y a plus que quatre balles dans le barillet. Deux ont été tirées.

— En effet !

— Ces deux coups ont été tirés, la nuit, sur le lieutenant Armand de Sauliac, au bord de ce bois de chênes !...

— Cela, je n'en sais rien !...

— Si, vous le savez, vous dis-je, parce que vous connaissez le meurtrier, comme nous, puisque vous n'avez plus rien à cacher !...

— Je connais le meurtrier ?...

— C'est vous !... parbleu !...

— Oh ! rugit le fermier en étreignant sa poitrine avec ses deux mains comme pour en arracher un trait douloureux. Puis, il releva le front et soutenant fièrement le regard du magistrat :

— Oui, s'écria-t-il, je m'attendais depuis un instant à cette accusation. Je la sentais venir !... c'est une abomination !...

— Eh quoi ! fit le juge étourdi par l'énergie de cette réplique, vous niez être l'homme qui a tiré cette nuit deux coups de revolver sur le lieutenant Armand de Sauliac. Voyons, ce n'est pas sérieux !...

— Ce qui n'est pas sérieux, monsieur le juge, c'est d'accuser un honnête homme d'une mauvaise action qu'il n'a pas commise, qu'il est incapable de commettre !...

Le procureur, étonné de l'attitude de Marbeau, crut devoir intervenir :

— Monsieur Marbeau, lui dit-il, d'un ton insinuant, vous avez montré tout d'abord une franchise, une sincérité qui vous font honneur. Vous n'avez fait aucune difficulté de reconnaître que le chapeau trouvé dans le taillis est le vôtre, que le revolver trouvé dans la mare est également le vôtre. C'est bien !... Il faut être conséquent avec vous-même et ne pas vous obstiner à nier l'évidence !... Ce serait d'ailleurs parfaitement inutile et même ridicule. Reprenez votre loyale allure de tout à l'heure... C'est vous qui avez fait le coup, avouez-le !...

— Ce n'est pas moi, monsieur le procureur, je vous le jure !...

Questionnez tous ces braves gens qui nous écoutent, demandez-leur si je suis capable de commettre un pareil forfait, demandez-leur si j'ai jamais fait tort à personne et si jamais un mensonge est sorti de ma bouche ? Cherchez le coupable, monsieur le procureur, il n'est pas devant vous !...

Plusieurs voix partirent aussitôt des groupes de paysans :

— Bravo Marbeau !...

— Monsieur le commissaire, rappela le procureur, faites éloigner tout le monde, à l'exception de Mlle Solange, de la mère Marianne et de jeune homme, ajouta-t-il en désignant Isidore !...

— A vos ordres, monsieur le procureur

VI

L'aveu !...

Le juge d'instruction reprit son interrogatoire :

— Vous avez entendu, Marbeau, les paroles de M. le procureur de la République faisant appel à votre franchise ; vous venez vous-même de prendre à témoin votre sincérité bien connue. Eh bien, j'estime que vous êtes loyal, je vous adjure, comme tel, de dire toute la vérité.

« A quoi bon vous obstiner dans ce système qui ne peut que vous nuire? Nous avons plus de preuves de votre culpabilité qu'il ne nous en faut. Voyez vous-même comme tout s'enchaîne. D'abord, c'est la victime elle-même qui vous dénonce.

— Qui me dénonce, moi ?... Vous dites que la victime m'a dénoncé ?...

— Ah ! vous ne savez pas ?... c'est juste... Nous ne vous avons pas mis au courant de ce qui s'est passé, à notre arrivée. Le lieutenant Armand de Sauliac n'est pas mort de ses blessures.

— Dieu soit loué !... interrompit Marbeau avec un soupir de soulagement.

— Le médecin-major qui est venu le chercher a pu même le tirer de son évanouissement et les lèvres du blessé se sont ouvertes pour laisser échapper un nom d'abord : « Solange ».

Quelques secondes après il a fait entendre avec un accent de reproche ces trois mots : « Ah ! son père !... » et il est retombé sans connaissance. Ainsi ce malheureux officier n'a échappé aux étreintes de la mort que pour vous dénoncer, vous et votre fille.

— Est-ce possible ?... Le lieutenant que je ne connais pas, qui ne me connait pas davantage, n'a pu me désigner. Non, non, ce n'est pas moi, ce n'est pas ma fille. Je suis innocent. Les apparences sont contre moi... ça ne fait rien, je suis innocent !

— Ah ! quelle attitude !.. Si vous êtes innocent, prouvez-le.

— Je suis resté couché toute la nuit, je n'ai pas quitté ma chambre.

— Oui, oui ! si vous n'avez pour votre défense que cet alibi, c'est peu !...

— Que faut-il vous dire, alors ?...

— La vérité, je vous le répète. Tenez, je veux bien vous venir en aide, moi, bien que ce ne soit pas mon rôle. Il y a des crimes qui sont susceptibles de l'excuse légale et dont les auteurs sont acquittés en cour d'assises. Le vôtre est peut-être de ceux-là. Quels griefs, quels justes griefs, si vous voulez, aviez-vous contre le lieutenant Armand de Sauliac ?...

— Des griefs ?... moi, contre ce lieutenant ?...

— Dame !... pour avoir voulu le tuer. Allons, monsieur Marbeau, dites-nous ce que vous avez sur le cœur !...

— Mais rien !... messieurs, je vous l'atteste, il y a surprise !... Quelle haine, quelle rancune aurais-je pu avoir contre ce lieutenant de chasseurs ?... Je ne le connaissais pas. Il n'avait aucune relation avec moi !...

— Vous persistez à nier, intervint le procureur.

— Oui, monsieur le procureur, je persiste à nier un crime que je n'ai pas commis. Ni vous, ni personne au monde ne m'en arrachera jamais l'aveu. De quelle machination, de quel malentendu suis-je victime ?... je n'en sais rien, rien, rien !...

— Monsieur le commissaire, poursuivit le procureur en haussant la voix, conduisez-nous Mlle Solange Marbeau et vous remmènerez son père à sa place...

De l'endroit où elle était, avec Isidore et la mère Marianne, la jeune fille avait suivi des yeux la conversation. Elle comprenait qu'il se passait, entre les deux magistrats et son père, un drame redoutable. Elle devinait aux gestes, aux attitudes, les péripéties de la lutte engagée, une lutte sanglante qui avait déjà fait une victime et qui la prendrait peut-être elle-même pour la broyer avec tout ce qui lui était cher et sacré.

Elle avança vers le groupe, la tête bourrelée d'épouvante. Lorsqu'elle arriva près de son père, elle le vit qui pleurait. Elle se jeta dans ses bras. Tout son corps palpitait sous le coup de l'émotion nerveuse et de l'exaspération du cuisant repentir d'être la cause de l'affreux malheur.

Et ces mots jaillirent fatalement de ses lèvres :

— Oh ! mon père, mon père bien-aimé, me pardonneras-tu jamais ?..

Marbeau ne comprit pas le sens de ces paroles. Il était si loin d'entrevoir la douloureuse réalité : une faute commise par cette chère enfant l'idole de son cœur, dans laquelle il avait la confiance la plus absolue.

— Qu'ai-je à te pardonner s'étonna-t-il. Tu as été ma joie dans le passé si heureux, tu seras ma consolation dans l'avenir. ! Rassure-toi, cette épreuve ne peut pas durer... Non, non, il n'est pas possible que cela dure !...

— Venez, monsieur Marbeau, intervint le commissaire.

Le fermier s'éloigna, laissant sa fille aux prises avec les deux magistrats.

Si Marbeau n'avait pas compris la supplication de Solange, ceux-ci, par contre, l'avaient comprise et recueillie. Elle ne les avait nullement surpris,

— *Elle resta étendue, inerte sur le sol. (Page 20).*

du reste, ils l'attendaient. Elle cadrait complètement avec la conception qu'ils s'étaient faite de la tragédie nocturne. Elle en était l'explication et la conséquence logique.

Le juge voyant Solange atterrée ne lui laissa pas le temps de se remettre.

— Mademoiselle, lui dit-il d'une voix ferme, vous avez raison de pleurer et de vous repentir. Votre imprudence a failli causer le plus grand malheur. Le lieutenant Armand de Sauliac est grièvement blessé.

— Il est vivant ?... questionna Solange reprise brusquement par son amour.

— Oui, mademoiselle, il a été relevé vivant et nous espérons qu'il guérira de ses blessures.

— Je le souhaite de tout mon cœur, murmura la jeune fille avec une naïve expansion.

— Avant de nous quitter, il a repris, un rapide instant, connaissance et ses lèvres ne se sont ouvertes que pour soupirer un nom ; le vôtre !...

— O mon Dieu ! faites qu'il guérisse, s'écria-t-elle, illuminée par un rayon d'espoir !...

— C'est un brave cœur que cet officier, aussi loyal que noble et bien digne de l'affection que vous paraissez avoir pour lui !... Cette affection, j'en suis convaincu, il vous la rendait avec usure ?...

— Oui, monsieur. Il devait venir aujourd'hui à Barjouville pour demander ma main à mon père !...

Les deux magistrats s'efforcèrent de dissimuler l'étonnement qu'ils éprouvaient de cette nouvelle. Décidément, la jeune Solange était bien candide et le lieutenant de chasseurs bien scélérat.

Il ne leur vint pas une seconde à l'esprit, que cette superbe fille des champs, plus belle encore dans sa navrante tristesse, eût inspiré au brillant officier une passion sincère et qu'elle exprimât simplement la vérité.

Peu importe, la voix des confidences était ouverte, il ne fallait pas s'arrêter.

— Alors, reprit M. Duvauchelle, c'eût été pour vous un plus grand malheur encore, si votre compagnon avait été frappé mortellement.

— Oh oui !... un grand malheur !...

— Ce n'était pas la première fois que vous vous voyiez ?

— Non, monsieur, rougit Solange, humiliée de la tournure que prenait l'interrogatoire. Dans son abattement, elle le subissait sans résistance.

— Vous aviez des rendez-vous, depuis combien de temps ?

— Depuis... deux... mois !...

— Et vous n'avez pas osé en parler à votre père.

— Je... je... j'aurais dû !... je...

— Vous ne l'avez pas fait. De sorte que vous sortiez de chez vous, le soir, à son insu ?...

— Hélas !... Ah ! je ne suis qu'une malheureuse !...

— C'est en effet très grave, mon enfant !... Vous voyez les conséquences funestes de votre faute !... Vous avez manqué de confiance vis-à-vis de votre père, vous lui avez caché...

— Oui, monsieur, mais je n'ai commis aucune faute contre l'honneur, j'aimais Armand de Sauliac, il m'aimait. Il m'avait promis...

— Oui, oui !... Je continue : Votre père vous a épiée, vous a suivie. Il vous a trouvée hier soir, ici, avec ce jeune officier. Il ignorait si vous vous étiez fiancés, tous deux, il a cru à une faute plus grave, il n'a pu maîtriser sa colère, il a tiré deux balles sur votre séducteur qu'il a laissé pour mort sur le terrain.

A cette insinuation, Solange trembla de tous ses membres. Elle sentait un piège. Elle ne répondit pas.

— Vous ne dites rien, poursuivit M. Duvauchelle. Vous comprenez que j'ai raison.

— En ce qui me concerne, oui, monsieur. Mais vous accusez mon père !... et... je... je ne crois pas...

— Allons donc ?... Vous avez vu l'assassin ?...

— Vu ?... oui, monsieur.

— Vous l'avez reconnu ?...

— Non !...

— Ne mentez pas, mademoiselle, c'était votre père !...

Solange se redressa. Elle répliqua d'une voix forte :

— Ce n'est pas mon père qui a tiré sur M. de Sauliac. Ce n'est pas lui que j'ai vu !...

— Alors vous avez vu quelqu'un ?...

— Oui, une ombre plutôt !... Le lieutenant était sorti le premier de la Chesnaie, il s'était tourné vers moi pour me tendre la main et m'aider à descendre dans le chemin creux. Tout à coup, un individu très grand s'est dressé sur le talus, en face de moi, avec un geste menaçant. Cette apparition m'a rendue folle de peur et je me suis sauvée dans la nuit, l'esprit égaré, ne sachant plus où j'allais, l'oreille à peine frappée par les deux coups de revolver qui avaient abattu mon pauvre ami sur le chemin. Oh ! cette lâcheté que j'ai eue, comme je me la reproche !...

— Et vous n'avez pas reconnu le meurtrier ?...

— Non, monsieur !...

— Nous comprenons, nous excusons même votre silence. Retirez-vous de ce côté, à dix pas d'ici, là-bas, sous le gros chêne qui surplombe la mare. Je vous rappellerai probablement tout à l'heure !...

Sur un signe de M. de Mondion, le commissaire amena successivement la mère Marianne et le jeune Isidore.

Les interrogatoires de ces deux témoins ne présentèrent pas grand intérêt.

Celui de la vieille mendiante aurait pu jeter dans l'affaire un élément nouveau mais elle avait pris le parti de se taire.

Elle se borna donc à raconter qu'elle avait marché au bruit des détonations, qu'elle avait trouvé l'officier baignant dans son sang, au travers du chemin et qu'après lui avoir donné les premiers soins, elle s'était hâtée de toute la vitesse de ses vieilles jambes, dans la direction de Chartres, pour avertir les autorités.

Les magistrats n'avaient aucun motif pour mettre en doute ce récit.

Avec Isidore, ce fut encore plus simple.

Le gars déposa vivement qu'en se rendant, à la pique du jour, à son travail, dans un champ situé au-delà de la « Mare-aux-Chênes », il avait rencontré le cadavre de l'officier. Il était aussitôt revenu sur ses pas pour annoncer la nouvelle à la ferme de Barjouville. C'était lui qui avait amené les gens, le fermier et sa fille.

Les deux magistrats se consultèrent. Ils furent d'avis de confronter immédiatement le père et la fille. Le commissaire alla chercher Marbeau, tandis que le juge faisait signe à Solange de se rapprocher.

— Avez-vous changé de résolution, dit M. de Mondion au fermier. Etes-vous disposé à prendre une meilleure attitude ?...

— Je n'ai rien à changer, répondit l'agriculteur, qui avait reconquis un peu d'empire sur lui-même et dominait son émotion. Je ne puis que vous répéter du plus profond de mon âme : je suis innocent !...

— Ce n'est pas vrai, monsieur !... Notre conviction à M. le juge d'instruction et à moi, est entière et absolue en ce qui concerne votre culpabilité !... Tout à l'heure, il y avait encore un point obscur dans notre esprit, maintenant la lumière est complètement faite !...

— Quelle lumière ?... balbutia le fermier.

— Mais malheureux, puisque je vous affirme que nous savons tout !...

« Vous êtes venu ici, cette nuit, parce que votre fille avait un rendez-vous galant avec le lieutenant. Vous les avez surpris et vous avez tiré contre le séducteur de votre enfant deux coups de revolver !...

Un flot de pourpre jaillit sur la face du fermier qui trébucha comme un homme ivre. Ses lèvres bégayèrent :

— Que dites-vous là ?...

— Ah ! cela vous terrifie que nous sachions tout !... vous voyez bien que vous auriez mieux fait d'avouer tout de suite !

Semblable à une morte, atrocement pâle, Solange se jeta aux genoux de son père :

— Oh ! pardon ! pardon !

— Tu es venue ici ?... avec ?...

— Oui !...

— Ah ! misérable !...

— Papa !... papa !...

Malgré cette appellation enfantine qui devait lui rappeler dix-huit années de sollicitude et d'ardente tendresse pour la suppliante, le père cruellement offensé, crut que la malheureuse avait traîné dans la boue son nom et son honneur, il frémit :

— Est-il possible que ce soit toi qui me déshonore, qui me déchire le cœur !... toi que j'ai entourée de tant de soins, de tant de tendresses !...

— Oh ! papa, grâce !... pardon !...

— Jamais, dit-il, je ne te pardonnerai, c'est toi qui me condamne et qui me tue !... La justice peut étendre maintenant la main sur moi, en toute assurance !... Elle a trouvé le motif du crime, c'est toi !... Comment me disculper à présent ! Ta honte m'accuse !... Ma condamnation est certaine, c'est toi qui la prononce !... Ce sera là ton châtiment !... Va-t-en, tu n'es plus ma fille !...

A ces dernières paroles, Solange sentit son cœur se briser dans sa poitrine. Elle poussa un cri de souffrance auquel son père ne prit point garde.

— Je suis à vous, messieurs, dit-il.

— Alors, rayonna le procureur, vous avouez votre crime ?...

Le fermier fixa M. de Mondion et d'une voix forte :

— Je ne puis vous avouer ce que vous appelez mon crime puisque je ne l'ai pas commis. Mais puisque vous voulez un aveu, voici celui que je vais vous faire !... Ce crime commis par un autre, dans quel but ?... je n'en sais rien !... Ce crime, je regrette de ne pouvoir vous dire : « Oui, j'ai tiré sur le lieutenant de chasseurs parce qu'il m'a volé l'honneur de ma fille !... Si j'avais su que, cette nuit, cette malheureuse courait les champs pour retrouver cet officier blessé par un autre ! je me serais embusqué et j'aurais tiré non pas deux balles, mais toutes les balles du revolver et je n'aurais pas fait une seule victime, j'en aurais fait deux !... Maintenant, messieurs, emmenez-moi !... »

Stupéfaits de cette vibrante déclaration, les trois magistrats sortirent du bois de chêne en compagnie de leur prisonnier qu'ils firent monter en auto avec eux. Le père ne jeta pas un regard à sa fille qui, le voyant entraîné comme un malfaiteur, resta étendue, inerte sur le sol, telle une fleurette fauchée et flétrie !...

VI

L'amoureux évincé

Proche de la ferme de Barjouville, sur le territoire de Dammarie, se trouvait la ferme de Pierre Balesdant, camarade d'enfance de Charles Marbeau.

Balesdant n'avait pas, comme son ami, arrondi son patrimoine. De mauvaises spéculations lui en avaient, au contraire, enlevé une partie.

Son fils Antoine, après avoir accompli son temps de service militaire, était revenu au logis paternel afin de seconder son père dans ses travaux.

C'était un solide gaillard, de haute taille, à la figure énergique, dont l'harmonie était un peu gâtée par deux traits caractéristiques, dans le haut, le regard dur et fuyant ; dans le bas, un menton presque carré, indice prétendu de la volonté ambitieuse et tenace.

Sa conduite était à l'abri de tout reproche. D'un caractère un peu méfiant, il ne frayait pas avec tout le monde. Le cabaret, surtout, avec ses cohues et ses saoûleries ne l'attirait pas.

Reçu dans la maison de Charles Marbeau, en raison des liens d'amitié qui unissaient celui-ci à son père, il n'avait pas été longtemps sans subir une attraction vers Solange. Cela suffit pour le tenir à l'écart des escapades amoureuses familières aux jeunes gens de son âge.

Lorsque la fille du fermier de Barjouville quitta le pensionnat de Chartres où elle avait été élevée pour venir vivre auprès de son père, elle ne tarda pas à remarquer ce grand garçon, un peu sombre, qui tournait autour d'elle, avec des airs de respect, avec des airs de prévenance.

Que lui voulait-il ce paysan mal dégrossi ?...

Elle n'avait pour lui aucune sympathie !...

Comme il s'aperçut plus d'une fois que la jeune fille se détournait obstinément de lui, il en conçut un vif chagrin, à tel point que son père le trouvant maigri s'en inquiéta :

— Pour sûr, lui demanda-t-il un jour, Toinot, t'es malade.

— Tu crois, père ?...

— Oui, mon gars, raconte-moi ta peine, ça vaudra mieux. Oh ! je devine ! Tes amours ne vont pas comme tu voudrais ?...

— Je suis malheureux comme les pierres.

— Ça se voit : tu aimes la fille à Marbeau ?

— Je l'adore.

— Elle ne t'aime pas ?

— Non, certainement, non.

— Elle te l'a dit ?

— Non, mais ça se voit de trop. On dirait même qu'elle me déteste.

— Ce n'est pas possible, un beau gars bâti comme toi. Tu dois te tromper, mon garçon, ou plutôt, tu t'y seras mal pris. Qu'est-ce qui peut te faire supposer ?

— Malheureusement, je ne suppose rien. Je vois clair, et ce que je vois n'a rien de réjouissant pour moi. Elle est courtisée par un officier de Chartres...

— Par un officier ?

— Oui, par un lieutenant de chasseurs, qui est noble même et qui a un « de » devant son nom et qui fait le joli cœur devant elle dans son costume militaire. Ah ! misère ! je ne sais ce qui m'a retenu quelquefois.

— Voyons, calme-toi. Ce n'est pas sérieux ou bien elle serait folle... Ce militaire qui est lieutenant, et noble par-dessus le marché n'est pas pour elle.

— Je n'en sais rien. Tout ce que je sais, c'est qu'elle me rebute, c'es[t] qu'elle me méprise, c'est qu'elle ne me regarde pas plus qu'un chien ga[l]eux, lorsque je tremble d'émotion en passant auprès d'elle... Dans ces moments-là, je sens la colère qui m'aveugle ; je suis à peine maître de moi.

— Ah ! mon pauvre Toinot !...

— Oui, et tu viens de dire que le lieutenant n'était pas pour elle. J'en ai fait souvent la réflexion comme toi. Seulement je me suis demandé, en outre, si elle n'était pas pour lui, si elle ne se laisserait pas aller... Ah ! quand j'y songe, je vois rouge et j'ai envie alors de la prendre pour moi...

— Dame !... ce sera [illegible]eut-être le moyen... Mais non, pas tout de suite.

— C'est moi qui vous remercie d'avoir accepté mes humbles fleurs. **(P. 23)**

Procédons par ordre, mon gars. Tu ne t'es jamais ouvert de tes sentiments au père pas plus qu'à la fille ?

— Non.

— Eh bien ! Il faut commencer par là.

— Ce sera inutile.

— Nous verrons bien. Qu'en sais-tu, d'abord ? Tu es un bon travailleur, tu n'es pas sans le sou, puisque [illegible] Charles Marbeau est un vieux camarade... Ah ! est-il au courant [illegible] des manigances de sa fille avec l'officier ?

— Je l'ignore. S'il les connaît, il n'y attache pas d'importance et il laisse Solange s'amuser comme elle l'entend.

— Bon. Alors, ce n'est pas la peine de lui en parler pour le moment. J'aborderai seulement la question principale.

— Vous voulez donc lui parler ?

— Parbleu ! J'vas m'en gêner, et j'y vais de ce pas. Laisse-moi faire, mon gars. Nous verrons bien de quoi il retourne.

Ils revinrent ensemble vers la ferme.

Antoine indiqua à son père l'endroit où il devait rencontrer Charles Marbeau.

Celui-ci reçut avec plaisir son vieux compagnon d'autrefois.

— Bonjour, mon vieux Pierre, lui dit-il en lui donnant une forte poignée de main. Je suis content de te voir. Tu fais bien de venir me relancer jusqu'ici. Ça va me permettre de me reposer un instant avec toi et aussi de me rafraîchir en vidant un bon verre de cidre à ta santé. Hein ! crois-tu qu'il fait chaud ?

— A faire ce que tu fais, oui. Toujours ardent, infatigable ! Tu ne changeras jamais, toi !

— Dame ! c'est ma santé.

Le fermier entraîna son ami d'enfance à la maison.

Clémence, avertie, alla tirer deux pichets de cidre.

Après avoir choqué les verres couronnés de mousse :

— Je vais appeler ton garçon, dit le fermier, il prendra bien un verre avec nous.

— Non, fit Balesdant en mettant la main sur l'épaule de Marbeau pour le faire asseoir, j'ai à te parler de lui. Il vaut mieux qu'il ne soit pas présent.

— Comme tu voudras. Parlons franchement, comment le trouves-tu, mon gars ?...

— Mais... un gaillard, actif, laborieux, rangé...

— Et il est bâti, pas vrai, un solide luron comme toi, avec une santé de fer, hein ?...

— Certainement... après ?...

— Voilà, mon vieux Charles, comme je l'ai élevé. J'en suis fier, moi, de ce garçon-là. C'est fort comme un bœuf, c'est doux comme un mouton... et intelligent avec ça, pas vrai ? Oh ! il ne craint personne à dix lieues à la ronde pour abattre de l'ouvrage et de la bonne, en un rien de temps, pour conduire la charrue, pour surveiller le battage d'une meule, pour exécuter ou diriger n'importe quel travail.

Qu'on lui confie un domaine aussi grand que tu voudras, il saura bien le faire valoir. Il en a toute la capacité...

— Pourquoi me contes-tu tout ça ?

— Pour te dire ceci : crois-tu que la femme qu'il épousera sera à plaindre ? Non, n'est-ce pas ? Oh ! je sais bien qu'il n'a pas une grosse fortune... Mais, enfin, il est fils unique, et tout ce que je laisserai lui reviendra. Et puis, il vaut mieux, pas vrai, avoir moins de bien avec une bonne conduite, que des quantités de champs, de prairies, de vergers qui vous échapperont faute d'entendement ou de tempérance. Ça se voit tous les jours, ça, hein ?

— Ah ! je te devine, cette fois, dit Marbeau en faisant une moue qui n'était pas précisément l'indice d'une grande satisfaction.

— Eh bien ! oui, mon vieux Charles, poursuivit Balesdant, mon gars est amoureux de ta fille. Il est amoureux fou, il en est malade... Je viens te demander si tu consens à les unir... Oh ! je sais bien que tu es riche, beaucoup plus riche que nous, mais Antoine s'est efforcé de se rendre digne de ta fille, digne de...

— Voyons, tu ne vas pas recommencer, dit le fermier, avec un pli d'inquiétude au front. Dis-moi, Antoine connaît la démarche que tu es en train de faire ?

— Oui, après ses confidences, je lui ai déclaré que je la ferais.

— Dans ses confidences, comme tu dis, est-ce qu'il t'a avoué qu'il avait parlé à Solange ?

— De ses sentiments pour elle ?

— Sans doute.

— Oh ! pour ça, non, jamais il ne lui en a ouvert la bouche.

— C'est tout ce que je voulais savoir, ajouta Marbeau rasséréné. Maintenant, mon vieux, je vais te répondre. Je n'ai pas de consentement à te donner, parce que c'est Solange seule qui doit disposer de sa main, spontanément, en consultant son cœur d'abord, et la sagesse de son père en second lieu. Je lui ai promis de ratifier le choix qu'elle ferait, à la seule condition que le fiancé, pauvre ou riche, bourgeois ou paysan, ça m'est égal, ne soit pas un mauvais sujet. Je lui ai recommandé de ne pas se presser, voilà tout. Tu vois donc bien que vous pouvez vous mettre sur les rangs.

— Ah ! merci, merci, mon cher camarade, s'écria Balesdant tout joyeux, en secouant les mains du fermier dans les siennes...

Tandis que le fermier retournait à son travail, Pierre rejoignit son fils. Celui-ci l'attendait, anxieux.

En l'apercevant venir à lui, la figure souriante, il se sentit allégé d'un gros poids.

— Eh bien ! il n'y a rien de fait, mais Charles, en ce qui le concerne, n'a pas soulevé d'objection. Seulement, il m'a dit que sa fille était maîtresse d'accorder sa main à qui lui plaisait. Il faut lui plaire, voilà tout, ça ne te sera pas bien difficile.

— Il faut lui plaire, c'est bientôt dit : mais c'est plus difficile que tu crois.

— Allons donc ! Avec ta tournure, mon gars... je réponds de tout. Mais il ne faut pas avoir peur... Il faut y aller hardiment. Il n'y a que les honteux qui perdent.

— Tu as raison. J'essaierai.

Antoine guetta pendant plusieurs jours l'occasion d'aborder la jeune fille.

Il s'observa pour ne commettre aucun empressement indiscret si bien qu'il trouva par un joli matin du mois de mai, le tête-à-tête recherché.

Séduite par la fraîcheur de la température et par la printanière parure des champs, Solange se promenait dans la campagne, en toilette claire et fleurie.

Un coquet chapeau de paille sur la tête, orné de fleurs naturelles qu'elle venait de cueillir, elle était idéalement charmante.

Antoine se montra tout à coup au détour d'une haie.

Il avait un bouquet de fleurs des champs à la main.

A cette apparition Solange fit un saut en arrière.

— Pardon, mademoiselle, dit Antoine d'une voix tremblante, si j'ose me mettre sur votre chemin... Mais sachant que vous aimez les fleurs, j'en ai fait un bouquet que je prends la liberté de vous offrir.

Surprise et déconcertée par cette offre, vaincue par le geste suppliant, ne voulant pas dans cet instant faire peine à âme qui vive, Solange prit le bouquet avec une indifférence polie.

— Merci, monsieur, dit-elle.

Elle essaya de continuer sa promenade.

Antoine, en bonne stratégie, aurait dû s'en tenir à ce premier succès.

Mais ce matin-là, Solange était trop belle et le garçon de ferme se sentait entraîné vers elle par un irrésistible élan.

Il se plaça dans le sentier devant elle, lui barrant la route commencée, et levant ses yeux vers les siens :

— C'est moi qui vous remercie, fit-il avec une visible émotion, d'avoir accepté mes humbles fleurs. Écoutez-moi, mademoiselle.

— Non !

— Je ne veux pas vous offenser.

— Livrez-moi passage...

— Si vous saviez combien je vous aime !...

— Ah !...

Ce fut un ah ! prolongé, un ah ! de pénible surprise qui s'échappa des lèvres de la jeune fille.

Elle retourna aussitôt, reprenant le chemin de la ferme.

Sa main lança derrière elle le bouquet qu'elle serrait fiévreusement, et les pauvres fleurettes, déjà meurtries, s'éparpillèrent sur le sol.

VII

La vengeance

Ce fut avec un sentiment d'âpre rancune, de brûlante colère, qu'Antoine Balesdant reprit la route de la maison paternelle.

Il marchait à travers champs, par les chemins de traverse, dans la direction de Ver.

Tout en ruminant ses pensées, il arrivait au bout du sentier qui descend dans le chemin creux, en face du petit bois de chênes.

A deux pas de lui, une voix grêle, bien connue, se fit entendre :

— Tiens !... tiens !...

Il leva les yeux et reconnut la mère Marianne... La vieille mendiante, arrêtée au milieu de la route et le corps incliné sur un bâton, dévisageait le sombre voyageur.

— Ah ! c'est vous la mère ? dit-il brusquement. Bonjour.

Et il allait continuer son chemin.

La vieille fit deux pas jusqu'à lui pour l'arrêter.

— Où qu'tu vas comme ça, l'gars ? reprit-elle.

— J'm'en retourne à la maison. Au revoir !...

— Voyons, voyons, laisse-moi te parler, Toinot. J'suis ta grand'tante, t'es mon petit neveu, tu sais ben.

— Oui, oui, mais je suis pressé.

— C'est pas qu't'es pressé, mais t'as de la peine. On t'a donné ton compte, hein ? T'as p't'être voulu lever les yeux trop haut.

— Qu'est-ce que vous dites ?

— On sait c'qu'on sait. Tout le monde en jabote à Barjouville et dans les environs. La demoiselle est une vaniteuse, vois-tu. C'est pas un mari comme toi qu'il-lui faut, mon garçon.

— Vous ne l'aimez pas beaucoup, vous, c'est connu.

— Possible, mon garçon, mais j'en sais sur son compte.

— Ah ! vos histoires, c'est pas toujours parole...

— On sait c'qu'on sait, d'autant mieux qu'on a des yeux pour voir, même la nuit.

Le jeune homme se rapprocha vivement de son interlocutrice.

— Vous avez vu quelque chose ?

— Quand j'te l'disais que ça t'intéresserait, mon p'tit neveu.

— Allons, ne me faites pas languir, mère Marianne.

La vieille regarda en avant, en arrière, sur les côtés, comme pour constater que le voisinage ne recélait aucune oreille indiscrète, et mettant la main sur le bras d'Antoine, elle lui dit en baissant la voix :

— Ecoute-moi. Si tu veux revenir te promener le soir vers onze heures, justement par ici dans ce chemin, autour de ce petit bois de chênes, tu m'entends ben, le soir à onze heures, mais seulement les mardis et samedis...

— Oui, eh ben ?

— Eh ben ! tu sauras tout aussi bien que moi pourquoi la belle Solange t'a dédaigné. Seulement, il faut être prudent, Toinot, il ne faut pas te montrer. Sans ça, t'effaroucherais les deux amoureux, et tu ne les verrais pas se bécotter comme je les ai vus des fois.

— Ah ! malheur de malheur ! Merci, mère Marianne... J'vous suis bien obligé... Oh ! Il va se passer des choses... terribles... si je les rencontre ici tous les deux.

Comme il s'éloignait à grandes enjambées du côté de Dammarie, la vieille lui cria à voix terne :

— Faut être prudent, Toinot.

— Oui, oui, répliqua le jeune paysan sans se retourner.

L'effet de la confidence était immanquable. Antoine continua précipitamment sa route, l'esprit bouleversé, les sens en délire.

Ce qu'il venait d'apprendre, après ce qu'on lui avait fait, était bien de nature à le jeter dans le paroxysme de la fureur.

— Ah ! voilà donc l'explication des minauderies de la mijaurée. Elle avait un amant ! Elle avait avec lui des rendez-vous au milieu de la nuit ! Elle se conduisait comme une fille de rien !...

Ce n'était plus étonnant qu'elle repoussât l'honnête et sincère affection d'un brave comme lui.

Oh ! mais ça ne se passera pas comme ça...!

Et cet imbécile de Marbeau qui ne s'aperçoit de rien.

Non, ces gens ne méritaient aucune pitié, pas plus que ce bellâtre d'officier qui jetait son dévolu sur la plus belle et la plus riche fille du pays, qui la détournait de ses devoirs, qui la lui volait, à lui, Antoine Balesdant.

Si cet intrigant ne s'était mis en travers de ses projets, tout aurait marché à merveille. Le mariage le plus brillant, le plus splendide était à la portée de sa main.

Solange serait devenue sa femme.

Le lendemain, qui était un mardi, jour indiqué par la vieille Marianne, Antoine partagea le sobre dîner de ses parents, et, comme tout le monde était fatigué des labeurs de la longue journée commencée à cinq heures du matin, chacun gagna son lit à peine passé huit heures.

[illegible]

Antoine alla à pas de loup, dans la direction des champs [illegible]

La mère Marianne. (Page 23).

[illegible]

A dix heures et demie, il alla se poster dans un buisson épineux au-dessus du chemin creux.

Du centre de cet observatoire, il pouvait apercevoir tout ce qui se passait à proximité.

Ce fut tout d'abord [illegible]

[illegible]

avec aucune créature humaine. Il faisait un clair de lune superbe, qui ne laissait pas de gêner le voyageur.

A dix heures, il arriva derrière la ferme de Marbeau. Il en fit rapidement le tour.

Pas de bruit. Aucune lumière. Evidemment tout le monde dormait dans cette maison, hors une seule personne qui attendait silencieuse et bien close l'heure de s'échapper.

Un petit mur d'enceinte, assez mal entretenu, défendait l'entrée de la cour.

Au milieu de ce mur se trouvait la baie de la porte charretière, dans laquelle était pratiquée une petite porte pour les piétons. Tout cela était fermé à clef, la nuit pour la forme.

Non loin de l'entrée, à gauche, se dressait la niche de Moka, un énorme et bon chien de garde, à la robe de couleur café, ainsi que son nom l'indiquait.

Antoine escalada sans difficulté le mur et apaisa d'une caresse Moka qui était accouru vers lui en grondant.

Tout lui était familier, dans cette habitation, les êtres et les choses.

Il savait notamment que l'on ne se préoccupait jamais de fermer à clef, durant la nuit, les portes intérieures, ni celle du couloir, ni celle de la salle à manger.

Il n'y avait qu'une chambre à coucher fermée au verrou, celle de Solange. Quant au fermier, il ne prenait jamais la précaution de pousser le sien.

Antoine s'avança vers la porte d'entrée, en rasant le bâtiment qui le protégeait de son ombre. Il avait les pieds complètement nus, ayant quitté ses souliers sur la route avant d'escalader le mur.

Dans le dessein qu'il poursuivait, toute la difficulté consistait à ouvrir deux portes et pénétrer dans la salle à manger, sans être ni vu ni entendu.

Antoine fit manœuvrer avec une pesée très lente le loquet de la porte d'entrée et pénétra dans le couloir.

Il s'arrêta tout frémissant sur le seuil, les oreilles aux écoutes.

A côté de lui... à droite, la salle à manger ; à gauche le salon. Plus loin, au fond du couloir, à droite, la chambre à coucher de Marbeau ; à gauche, celle de sa fille.

Le danger était là.

Marbeau n'allait-il pas se réveiller au moindre bruit ? Solange, effrayée par la perception d'un piétinement, n'allait-elle pas crier ?

Allons donc !... Craintes chimériques.

Antoine ouvrit avec une précaution infinie la porte de la salle à manger. Il marchait droit à une panoplie, dont il connaissait la place exacte, et il en détacha un revolver qu'il savait toujours chargé.

Revenu dans le couloir, il décrocha un large chapeau de paille à une patère et il sortit à pas de loup, comme il était entré, muni de ces deux objets.

Il se hâta de repasser le mur de clôture, de remettre ses souliers et de s'enfuir au galop dans les champs.

Avec sa longue blouse bleue et le large chapeau de paille dont il venait de se couvrir, il ressemblait étrangement à Charles Marbeau, dont il avait presque la carrure et la taille. Ses doigts se crispaient sur le revolver pris à la ferme.

Dès que le lieutenant de chasseurs déboucha du petit bois par le sentier faisant face à celui de Barjouville, Antoine surgit brusquement dans l'échancrure de la haie, dressant sa noire et formidable silhouette sur le fond blanc du ciel.

A cette seconde précise, Armand lui tournait le dos pour prêter la main à sa compagne.

Mais Solange voyait en face d'elle l'apparition. Ses yeux s'agrandissaient de terreur... Ses lèvres balbutiaient ces deux mots inévitables :

— Mon père !...

Coup sur coup, deux détonations éclataient et l'officier meurtri à deux endroits croulait inanimé sur le chemin.

Une épouvante folle emportait Solange à travers la campagne.

Antoine s'enfuit vivement de son côté, non sans mettre à exécution les derniers détails de son plan, qui devaient avoir tant d'importance.

Il sema sur ses pas le chapeau de paille et le revolver de Charles Marbeau.

Puis il s'élança vers Dammarie dans une course effrénée !

La mère Marianne, attirée par les détonations, l'aperçut au loin comme une ombre, rasant les haies et baissant la tête. Sans le distinguer elle devina quel était ce fugitif.

Lui, il réintégra sans encombre sa chambre et son lit vers une heure du matin.

Avant de s'endormir, il s'applaudit intérieurement du coup qu'il avait fait.

« Ah ! famille d'orgueilleux, murmura-t-il, je vous mettrai plus bas que moi. Nous nous reverrons, mademoiselle Solange, nous nous reverrons. »

VIII

L'Instruction

Armand de Sauliac avait été transporté non à son domicile, mais à l'Hôtel-Dieu de Chartres qui comprend l'hôpital militaire. Le médecin-major avait préféré conduire le blessé dans son service.

Il y avait des opérations très délicates et, en même temps très urgentes : examen de la blessure de l'épaule, extraction de la balle, réduction de la fracture de l'omoplate, pansements, etc., etc.

A l'Hôtel-Dieu, il aurait tout sous la main, instruments, substances, ouates, bandes de toile, dans les meilleures conditions d'asepsie. Il y trouverait son interne, avec le personnel dévoué de l'établissement.

Aucune hésitation n'était permise. Le capitaine Barroux se rangea aussitôt à l'avis du médecin-major.

Dès qu'il eut été couché sur le lit de l'hôpital, Armand de Sauliac entr'ouvrit ses paupières. Ses yeux cherchèrent vaguement quelqu'un dans l'assistance et se fixèrent sur le capitaine Barroux.

Celui-ci se sentit ému jusqu'aux larmes. Il se jeta sur son camarade pour l'embrasser.

— Halte ! cria le major !... Regardez, mais ne touchez pas !... Notre ami est encore trop fragile !...

Le docteur maintint sa défense non seulement contre les officiers de la garnison qui accouraient en foule et voulaient forcer la consigne, mais encore contre le juge d'instruction auquel il interdit, pendant une semaine, de procéder à l'interrogatoire du blessé.

Pendant ce temps-là, il lui prodiguait les soins les plus expérimentés.

Comme il l'avait prévu, il rencontra la seconde balle près de l'articulation de l'épaule. Il la donna à M. Duvauchelle comme pièce à conviction.

Ce projectile à peine déformé était du calibre des autres et complétait bien la charge du revolver du fermier Roubeau.

Des deux blessures, il n'y en avait qu'une de grave, celle de l'épaule et encore, une fois la réduction faite, elle ne présenta plus de danger pour la vie du lieutenant. Elle devait seulement l'immobiliser pendant deux ou trois mois.

Dès qu'il eût recouvré sa pleine connaissance, le blessé se montra avide de nouvelles.

Le cinquième jour, à la visite du matin, il interrogea le docteur :

— Je vous en prie, cher ami, maintenant que me voici tiré d'affaire, ne me laissez pas ignorer ce qui se passe. Je suis anxieux de savoir, renseignez-moi !...

— Que vous dirai-je !... La justice informe. Marbeau est arrêté, tout le dénonce comme l'auteur du crime.

— Ah ! Est-ce qu'il avoue ?...

— Non ! au contraire, il proteste avec énergie de son innocence. C'est incroyable, lorsqu'il y a tant de preuves contre lui.

— Et... Solange ?...

— Sa fille ?...

— Oui !

— Elle est rentrée à la ferme.

— Est-ce qu'on l'a interrogée ?...

— Oui.

— Qu'a-t-elle répondu ?...

— Elle défend son père.

— Ah !... Elle fait bien !... Et...

— En voilà assez pour aujourd'hui, cher ami, brisa le major, reposez-vous. Nous reprendrons la conversation un peu plus tard !...

Armand de Sauliac dut se résigner ce jour-là, mais dès le lendemain, il revenait à la charge. Le docteur lui donna, de façon sommaire, les renseignements les plus essentiels. Par petites doses, il le tint au courant de la marche de l'instruction.

— Et Solange ?... répétait toujours le lieutenant. Comme elle doit souffrir !...

A la fin de la semaine, il reçut la visite de M. Duvauchelle. Le major avait enfin levé l'interdit et le juge, maugréant contre un retard qu'il qualifiait d'abusif, s'empressa d'accourir dès la première heure à l'hôpital.

Il félicita le blessé d'avoir la vie sauvée et le pria de répondre franchement aux questions qu'il devait lui adresser. Après un préambule sur la liaison des deux jeunes gens, M. Duvauchelle aborda le fait capital.

— Vous connaissez, n'est-ce pas, le nom de votre meurtrier ?...

— Moi ?... Non !...

— Vous l'avez désigné vous-même !

— Ce n'est pas possible !...

— Voyons, reprit M. Duvauchelle, lorsque nous vous avons trouvé dans le chemin creux, vous vous êtes un instant ranimé pour murmurer quatre mots qui avaient évidemment un rapport étroit avec le terrible événement de la nuit. Vous avez prononcé un nom, celui de Solange et soupiré ensuite cette exclamation, avec un accent de reproche : « Oh ! son père ! »

— Ai-je bien dit cela ?...

— Sans aucun doute !... Je vous ai moi-même entendu !... « Son père » désignait évidemment le cultivateur Charles Marbeau, père de Solange. En sortant de sa longue torpeur, votre esprit évoquait instinctivement les personnages avec lesquels vous vous étiez trouvé en relation au moment de l'attentat, les acteurs du drame, Solange et son père ; Solange, la cause : Charles Marbeau, l'auteur de la tentative de meurtre. Voilà ce qu'ont signifié, pour moi comme pour tout le monde, les paroles que vous avez prononcées. Qu'en pensez-vous ?...

— Ce que je pense ?... Vous voulez ma pensée tout entière ?

— Oui, certes !...

— Eh bien ! c'est que pour être logique, votre déduction ne repose sur rien. Ces paroles qui se sont échappées en rêve n'ont aucune valeur. Il est probable que d'autres pensées s'écoulaient encore de mon cerveau sur mes lèvres, et qu'elles se sont arrêtées en route, sans avoir eu le temps de prendre vie !...

« C'est celles-là qu'il aurait fallu également recueillir !... Elles auraient fourni matière sans doute, à de nouveaux et très sages commentaires.

— La justice n'a pas à entrer dans ces considérations. Elle retient seulement les faits accomplis. Il est évident que le souvenir de Charles Marbeau hantait votre esprit, en le terrorisant presque, à votre premier retour à la vie. La culpabilité de cet homme explique cette hantise. Vous ne pouvez le nier.

— Je ne nie rien mais je n'affirme rien, monsieur le juge, je ne sais rien !...

M. Duvauchelle partit navré.

D'un côté, la victime ne voulait rien dire et de l'autre, le prévenu, bien qu'il ne manquât aucune charge pour le convaincre, s'obstinait quand même à se déclarer innocent.

Cependant, Marbeau continuait à refuser de voir sa fille.

Tous les deux jours, un cabriolet conduit par Isidore, le garçon de ferme, amenait Solange à la prison de Chartres. Chaque fois, on lui répondait invariablement que le prisonnier était dans un état de santé physique satisfaisant, mais qu'il ne voulait recevoir la visite de personne.

— Avez-vous la bonté de lui dire que sa fille vient tous les deux jours, demandait-elle d'une voix tremblante, soit à M. Duvauchelle, soit à l'employé du greffe.

— Mais oui, mademoiselle, mais hier, comme les jours précédents, il n'a pas l'air d'écouter.

Alors, la pauvre enfant remontait en voiture et rentrait à la ferme, tout en larmes.

A force de se heurter à l'entêtement du prévenu, le juge d'instruction voulut aborder avec plus de précision le point de vue auquel il se plaçait.

— Je le veux bien, lui dit-il un jour, examinons votre système de défense. Jusqu'à présent il n'existe pas, pour ainsi dire, puisqu'il consiste uniquement dans la négation, négation que tout infirme... Il lui faut donner un corps à ce système inapparent. Il faut le prouver.

— Le prouver !... réplique le père de Solange, ce serait déjà fait si c'était possible !...

— C'est assurément possible, si vous n'êtes pas coupable !

— Non, je ne le suis pas !...

— Bon ! Partons de là, il existe donc un autre individu qui a fait le coup. Quel est-il ?... Pour répondre à cette question, nous devons d'abord chercher dans quel but la tentative d'assassinat paraît avoir été commise. Était-ce pour dépouiller la victime ?... Cette supposition est inadmissible. Le porte-monnaie du lieutenant est resté intact ainsi que sa montre en

L'avocat demanda l'acquittement pur et simple. *(page 36)*.

or, facile à enlever puisqu'elle était attachée à son poignet par un bracelet de cuir. Rien n'a été dérobé. Donc l'idée du vol doit être écartée.

— Je suis arrivé vingt fois à cette conclusion.

— Poursuivons. A défaut du vol, il y a la vengeance. Ce serait votre cas, ce pourrait être aussi le cas de l'inconnu. De part et d'autre, nous nous trouvons en présence d'un drame passionnel. Il faut donc que vous ayez un ennemi décidé, redoutable, qui ait voulu se venger de l'un de vous, peut-être de vous deux, en exécutant son crime avec un étrange raffinement de mise en scène.

— Oui, c'est cela, monsieur le juge.

— Il ne suffit pas de le dire, il faut encore le démontrer. Or, j'ai cherché, j'ai fouillé dans l'existence du lieutenant comme dans la vôtre et, je dois l'avouer, à votre louange comme à la sienne, je n'ai pas trouvé trac d'une hostilité quelconque, ni d'une rancune ni d'une jalousie. Même concert de sympathies pour lui comme pour vous ...

Ecoutez-moi bien ; à force de retourner cette affaire sur toutes ses faces, j'en suis arrivé à ceci, c'est qu'il existe un autre amoureux de Mlle Solange, c'est que cet individu était au courant des rendez-vous que vous ignoriez et qu'il a voulu se venger d'un rival trop heureux. Cette explication vous paraît-elle plausible ?...

— Sans doute ! j'y ai pensé !... Il m'est même venu un nom à l'esprit.

— Un nom ?... Vous soupçonnez quelqu'un et vous ne le dénoncez pas ?...

— C'est que, monsieur le juge, je n'aurais aucune preuve à vous donner à l'appui de mon indication... C'est une simple présomption et lorsque l'on accuse un homme d'un crime, il faut être sûr de son fait...

— Ah ! çà, encore une fois, êtes-vous coupable oui ou non ?

— Non, je suis innocent !

— Eh bien ! alors. Aidez-moi à trouver le coupable. Dans la situation où vous êtes, vous n'avez aucun ménagement à garder. Vous soupçonnez quelqu'un, dites-vous ?... Allons, dites-moi le nom de cet individu.

— Antoine Balesdant.

— Ah ! enfin ! Voilà un nom que je devrais connaître depuis quinze jours !... Antoine Balesdant !... Et où demeure-t-il ?...

— A Dammarie, une petite commune située à sept kilomètres de Barjouville.

— A sept kilomètres, diable !... Mais ça ne prouve rien. C'est un jeune homme, probablement ?...

— Oui. Vingt-cinq ans, très robuste, de ma taille, avec moins de corpulence.

— Comment le connaissez-vous ?...

— C'est le fils d'un camarade à moi, nous sommes voisins.

« Il était devenu amoureux de Solange et m'avait demandé sa main. Ma fille n'ayant aucune inclination pour lui n'a pas répondu à ses avances. La situation de ce jeune homme était, de ce fait, difficile à la maison, il a préféré s'éloigner. »

— Ah ! ah ! nous y voilà ! s'écria le magistrat, un amoureux évincé, c'est-à-dire l'inconnu que nous cherchons et dont l'entrée en scène peut, seule, vous sauver ! Il est au moins singulier que vous ayez tardé si longtemps à le nommer.

— Je vous répéterai, monsieur le juge, que je n'ai aucune preuve contre lui et que, de plus, il est le fils d'un de mes vieux amis d'enfance, cultivateur comme moi.

— Vous avez trop de scrupules, monsieur Marbeau. Cet Antoine Balesdant en a probablement moins. Il a dû combiner son guet-apens, jouer son vilain rôle, de manière à vous en laisser le fardeau sur les épaules... Je vais diriger l'enquête de ce côté. Nous en recauserons dans quelques jours.

« Gardien, faites entrer Mlle Solange. »

L'ordre fut aussitôt exécuté et la jeune fille parut. Elle était affreusement pâle. Son père ne tourna pas le regard de son côté. Elle se jeta à ses genoux :

— Père, je te supplie de m'écouter, sanglota-t-elle. Entends ma confession, pardonne à mon repentir, ne me prive pas de ta tendresse, je t'ai toujours tendrement aimé, je t'aimerai toujours.

— Tu n'es plus digne d'être ma fille, répondit le paysan inexorable. Monsieur le juge, permettez-moi de me retirer.

— Soit ! fit le magistrat !... allez !... veuillez rester un instant, mademoiselle, j'ai un renseignement à vous demander.

Marbeau sortit.

Après avoir laissé quelques minutes de répit à la jeune fille pour lui permettre de reprendre ses esprits et de sécher ses larmes, le juge l'interrogea au sujet du prétendant évincé dont le nom venait de lui être révélé par le fermier.

— Croyez-vous, s'informa-t-il, qu'Antoine Balesdant puisse être capable d'une vengeance contre vous ?...

— Oh non, Monsieur, non !...

— Antoine Balesdant ignorait-il votre liaison...

— Oh !

— Mettons roman, si vous voulez... Il ignorait votre roman avec l'officier.

— Je le crois !...

— C'est bien, Mademoiselle, je vous remercie !...

Le surlendemain, M. Duvauchelle procéda à l'interrogatoire des gens de la ferme, sur le même sujet. Il n'apprit aucun incident sérieux.

Au lieu de mander Antoine Balesdant à son cabinet, il se rendit un matin, à Dammarie afin de surprendre le jeune homme et de contrôler ses dires immédiatement sur place. Il fallut aller chercher ce garçon dans les champs.

Le juge l'attendait dans une salle de la mairie. Il vit entrer un solide gaillard bien découplé, de haute taille, avec un visage, ni beau ni laid, mais d'expression un peu rude.

Balesdant manifesta un étonnement indigné lorsque le juge le questionna :

— Que faisiez-vous il y a eu samedi trois semaines, de onze heures du soir à minuit ?... Ou plutôt, comment avez-vous passé la soirée tout entière, de neuf heures à une heure du matin ?...

— Dans mon lit, répondit simplement Antoine.

— Dans votre lit ?... vous, par ce beau temps, dès neuf heures du soir.

— Dame, quand on se lève à trois heures du matin... les journées sont longues et rudes. Quand on arrive le soir, on est courbaturé d'autant plus qu'on a peiné, quatorze heures durant, au beau milieu des champs, sous les rayons cuisants du soleil. Personne ne m'a vu aller ce soir-là dans la campagne.

— Pourriez-vous le prouver ?...

— Prouver quoi ?...

— Que vous êtes resté ce soir-là dans votre lit.

— Prouver que je suis couché, répliqua Balesdant avec un gros rire, vous comprenez bien, monsieur le juge, que ça ne m'est pas facile. J'ai agi vous comprenez bien, monsieur le juge que ça ne m'est pas facile. J'ai agi ce jour-là comme presque tous les jours. Après la soupe, à huit heures, j'ai embrassé la mère, serré la main au père et gagné le lit. Vous pouvez questionner mes parents là-dessus. Je n'ai pas d'autres preuves à vous donner, mais je suis bien tranquille.

La suite de l'enquête ne produisit aucun résultat. La piste que Marbeau avait indiquée se dérobait à première vue.

Les parents d'Antoine Balesdant déclarèrent qu'il s'était mis au lit, le soir, aussitôt après le dîner. Aucun voisin ne témoigna l'avoir rencontré dans les rues du village ou dans les champs... La disposition de la chambre du jeune homme se prêtait bien à toutes les conjectures. Située au rez-de-chaussée, isolée des autres pièces, avec une fenêtre sur une ruelle solitaire, elle était bien placée pour faciliter une escalade nocturne, à l'abri des regards. D'autant mieux que la ruelle partant de la rue principale du hameau se dirigeait dans les champs.

Mais quoi ?... Il n'était pas possible d'échafauder une inculpation criminelle sur une base aussi futile.

M. Duvauchelle reprit le chemin de Chartres avec cette conclusion qu'il avait absolument perdu son temps.

IX

Le blessé

Après six semaines passées à l'hôpital, Armand de Sauliac était rentré dans le coquet appartement qu'il occupait sur la place des Epars, au centre même de la ville de Chartres.

La blessure de la tempe n'avait laissé qu'une légère balafre déjà recouverte par les cheveux. Le bras droit débarrassé maintenant de tout appareil avait recouvré presque toute la souplesse de ses mouvements. Cependant le major ne permettait pas encore à son malade de reprendre le cours de ses occupations et il ne l'avait pas autorisé à sortir.

Les officiers de la garnison lui apportaient, dans leurs heures de loisirs, la distraction de leurs douces causeries et de leur franche affection, mais il lui restait encore trop de moments de pesante solitude et d'amères réflexions.

Un de ses plus fidèles visiteurs était le capitaine Barroux. Celui-ci connaissait bien l'état du cœur de son ami, il était le confident de toutes ses pensées.

Pour lui la culpabilité du fermier ne faisait pas l'ombre d'un doute et ce n'était pas sans un certain chagrin qu'il constatait que, chez Armand, l'amour de Solange subsistait et s'avivait même au fur et à mesure que la comparution approchait du présumé coupable en cour d'assises...

— Que devient-elle, la pauvre enfant, s'inquiétait ce matin-là le blessé, que devient-elle ?...

Et son père, le malheureux homme !...

— Comment, comment ?... sursauta Barroux, tu vas aussi le plaindre, lui !...

— Pourquoi pas ?...

— Mais si tu es encore de ce monde, c'est bien malgré lui.

— Je ne sais pas !... Ce n'est pas prouvé !...

— Mais si !... Il y a eu un instant une autre piste mais elle a été abandonnée. Malgré ses dénégations, le coupable c'est le fermier de Barjouville.

— Et si la justice se trompait ?...

— Allons donc !... Est-ce que si le père de Solange n'était pas coupable, il aurait refusé de voir sa fille ?... Il paraît que sur ce point comme sur la question culpabilité, il se renferme dans un entêtement de Beauceron endurci... Pour moi, le paysan rusé qu'il est a parfaitement prémédité son crime. Il a épié vos rendez-vous, il vous a filé dans l'ombre, il a frappé traîtreusement..., lâchement !...

— Il a même, répliqua Armand en souriant ironiquement, jeté son chapeau et son revolver, exprès dans l'herbe, pour se dénoncer à la vindicte publique. Ce qui paraît une preuve de culpabilité aux yeux de tous, n'en est pas une pour moi. Et puis, après tout, quand cela serait !... quand il aurait tiré sur moi, il était dans son droit !...

— Hein ?... Il était dans son droit de vouloir t'assassiner ?

— Tous les pères en feraient autant !... Lui, ne pouvait pas prévoir la démarche que je devais accomplir le lendemain.

— Ainsi, c'était sérieux cette démarche ?...

— Tout ce qu'il y a de plus sérieux, mon cher ami ; quand l'année dernière, quelques camarades proposèrent d'aller faire danser, dans les bals champêtres, les jolies beauceronnes des environs, j'acceptai d'être du nombre des cavaliers parce que je songeais à une distraction agréable et aussi à la possibilité d'un flirt ou d'une amourette avec l'une de ces demoiselles. Oh ! je n'y attachais aucune conséquence.

« Mais j'ai rencontré Solange et de suite, j'ai été attiré vers elle par un courant de vive sympathie. Sans m'en douter l'amour est venu.

« Était-ce le véritable, le sincère, le pur amour ?... Chez elle oui, de suite, chez moi, non !... C'est pour cela que j'eus l'idée de provoquer ces rendez-vous secrets, à des heures aussi tardives, rendez-vous qui se sont clôturés, hélas, de si tragique façon.

« C'est moi qui suis le premier coupable dans cette affaire. Il y avait, chez cette jeune fille, en souscrivant à mon désir, tant de profonde confiance en moi, tant de désintéressement et de candeur, j'ai trouvé en elle tant de probité, que dès le premier soir, je me suis senti entièrement subjugué et que j'aurais jugé indigne d'un soldat et d'un honnête homme de profiter des circonstances pour faire ma maîtresse de cette candide enfant.

— Seulement, sourit le capitaine, tu n'hésitais pas à la compromettre ! Je te crois, moi, parce que je te sais incapable d'une mauvaise action, mais qui donc croira que des rendez-vous nocturnes, entre un élégant officier de chasseurs, entre le bel Armand et la jolie Solange, avaient uniquement pour but d'écouter chanter le rossignol et de contempler les sept étoiles de la Grande Ourse.

— Tu me fournis justement, mon cher, un argument qui, à mon point de vue, excuse la colère du père. Il a pu supposer que sa fille était coupable, les apparences étaient contre elle, contre nous !...

— Aussi, quelle idée d'aller deviser d'amour au clair de lune ! Puisque tu étais décidé à demander la main de Solange à son père, pourquoi as-tu tant tardé.

— Je ne sais. Il y avait pour moi, dans ces rendez-vous, un charme étrange et mystérieux. C'était du roman, du roman vécu. La réalité s'est chargée de me rappeler que l'on ne vit pas de rêve et qu'en toutes choses, il faut considérer la fin. La fin est lamentable !... Quel réveil !... Mais je n'ai pas perdu tout espoir. J'aime toujours Solange et elle m'aime encore, j'en suis sûr !... Que doit-elle penser de mon abandon ?...

— Abandon forcé et que tu ne peux faire cesser aujourd'hui plus qu'hier. Tu ne pouvais lui faire parvenir de nouvelles, mais elle pouvait t'en donner des siennes. En as-tu reçu ?...

— Non.

— Elle ne t'a pas écrit ?

— Non !..

— Alors, résigne-toi mon cher, jusqu'au jour du jugement.

— Eh bien, non !... je ne puis pas rester plus longtemps en proie au

Le père et la fille mêlent leurs embrassements et leurs larmes (p. 36).

doute... Je ne puis pas écrire, mais je puis te charger d'un message, tu ne peux pas me refuser ce service.

— Comme tu voudras !...

— Va à Barjouville et tâche de voir Solange.

— Bien, après...

— Tu lui diras que je l'aime toujours, que je tiendrai ma parole...

— Même si son père est condamné ?...

— Même si son père est condamné !...

— Diable !... mais mon cher, tu ne pourras pas. Les règlements militaires s'opposeront à te laisser épouser la fille d'un...

— Je t'en prie, coupa net Sauliac, n'insiste pas !... Je sais où est mon devoir !... Si je dois briser mon épée pour tenir ma parole d'honneur, je la briserai !... Donc, tu verras Solange !...

— J'essaierai.

— [illegible] ... Maintenant, pendant que tu seras à Barjouville tâche aussi de voir la mère Marianne, cette vieille femme qui m'a sauvé la vie. J'ai contracté envers elle une grosse dette, il faut que je m'acquitte.

— Il sera fait selon ton désir.

Les deux amis échangèrent une chaude poignée de mains. Le capitaine quitta son ami rasséréné par l'espoir d'avoir bientôt des nouvelles de celle qu'il ne pouvait s'empêcher d'aimer.

Le surlendemain, Barroux revenait.

— Eh bien, demanda anxieusement Armand, tu as fait mes commissions ?...

— Oui !... Je n'ai pas entièrement réussi, mais je t'apporte cependant quelques renseignements qui te feront plaisir.

— Parle vite.

— Voici !... Mlle Solange n'est plus à Barjouville. Elle est venue demander l'hospitalité à sa vieille nourrice, une paysanne nommée Véronique Bremont qui habite à Chartres, rue de la Tonnellerie. Je ne me suis pas permis d'aller rendre visite à cette personne, nous sommes en province et j'ai craint les bavardages. Mais à Barjouville, la rustique patronne de l'auberge où je suis allé déjeuner n'a pas demandé mieux que de répondre à toutes mes questions et que de me débiter tout son chapelet. Oh ! elle l'a fait du reste, en brave femme, sans une parole méchante !...

— Alors ?...

— Les Marbeau sont très considérés dans le pays et le malheur du fermier n'a pas éloigné de lui les sympathies. L'aubergiste m'a appris alors un détail... Mlle Solange, pendant tout le temps que tu es resté à l'hôpital, s'est rendue régulièrement tous les deux jours, chez le concierge de l'établissement pour demander de tes nouvelles !...

— Et je n'en ai rien su !... et nul ne m'a prévenu de cette marque d'attention, de cette preuve d'amour !... Es-tu bien sûr que ce soit vrai, au moins ?...

— Tu penses si je suis allé vite chez le concierge ! Le pipelet m'a confirmé ce renseignement. Elle avait demandé et payé probablement largement le secret de ses visites. On le lui avait promis et tu vois, chose curieuse, la promesse a été tenue. Mais comme tu as quitté l'hôpital, que Mlle Marbeau ne va plus arroser la loge de quelques pièces d'argent, le concierge se trouve délié de son engagement et il n'a fait aucune difficulté de me tenir au courant.

A ce récit, le lieutenant remué dans ses fibres les plus secrètes, se leva de sa chaise et fit quelques pas dans la pièce. Puis, il poussa un long soupir et murmura :

— Je ne suis qu'un ingrat, mon cher !... Elle m'aime et je n'ai pas encore songé à elle !... Oh ! quand viendra la délivrance, je veux !... Mais, tu ne peux pas comprendre, toi, ce que c'est que d'aimer !...

Barroux ne jugea pas à propos de relever la question et pour changer le cours de la conversation, il reprit :

— Quant à la mère Marianne, il y a trois semaines qu'on ne l'a vue à Barjouville. Le bruit court qu'elle est malade, chez un parent, à Dammarie. En voilà une, par exemple, qui n'est pas en odeur de sainteté dans les villages. Quoiqu'elle soit vieille et qu'elle ait besoin de tout le monde, il paraît qu'elle est foncièrement mauvaise, au dire de l'aubergiste, et qu'on la redoute comme la peste : c'est une jeteuse de sorts !...

— Possible, seulement, elle m'a sauvé la vie ou du moins elle y a fortement contribué.

X

Le jugement

Véronique Bremont était une brave femme de quarante ans environ, à la physionomie bonne et enjouée comme son caractère. Enfant du village de Beaulieu, à trois kilomètres de la ferme, elle était veuve depuis quelques années. Ayant perdu sa fille, la sœur de lait de Solange, elle avait reporté sur celle-ci toute son affection maternelle. Elle habitait rue de la Tonnellerie, un petit logement où elle vivait de modestes [illegible] suffisantes rentes.

— Tu vas venir auprès de moi, avait-elle dit à sa pupille, tu peux toujours compter sur ma tendresse et mon dévouement, je me regarde comme ta seconde mère.

La jeune fille avait accepté avec empressement.

Quelle ne fut pas sa surprise de voir, un soir, la veille même du jugement de son père, s'arrêter un capitaine de chasseurs à la porte de Véronique.

— N'est-ce pas à Mlle Marbeau que j'ai l'honneur de parler, demanda celui-ci, lorsqu'elle lui ouvrit.

— Oui, monsieur.

— Je suis le capitaine Barroux, je suis chargé par mon ami Armand de Sauliac d'une communication pour vous, Mademoiselle.

— Veuillez prendre la peine d'entrer, je vous prie.

Alors la surprise de Solange se changea en joie lorsque le fidèle compagnon d'armes du lieutenant lui apprit que, dans l'impossibilité où il se trouvait encore d'écrire, Armand le priait d'apporter un message verbal qui pouvait se résumer en ceci : « Quelle que soit la décision des juges, Mlle Marbeau pouvait être sûre que M. de Sauliac tiendrait sa parole. »

D'ailleurs, ajouta l'officier, les arrêts imposés par le major ne vont pas tarder à être levés. Dans deux ou trois jours, mon ami vous demandera la permission de vous apporter lui-même la confirmation de la promesse que je suis venu vous faire en son nom.

— Dites à M. de Sauliac, répondit Solange d'une voix tremblante d'une émotion qu'elle ne cherchait pas, du reste, à dissimuler, que je n'ai pas un instant douté de lui !... La démarche que vous faites de sa part m'est précieuse à tous égards. Elle m'aidera à supporter plus vaillamment les épreuves qui m'attendent encore pendant la journée de demain. Elle me donne confiance... Il me semble que le souvenir de celui que j'aime va me porter bonheur ou du moins éloigner le malheur.

— Je le souhaite sincèrement, fit Barroux, en s'inclinant respectueusement devant la jeune fille, pour prendre congé.

Lorsque Véronique, momentanément absente de chez elle, apprit le but de la visite de l'officier de chasseurs, elle ne put s'empêcher de déclarer, dans un élan de naïve honnêteté paysanne :

— Eh ! parbleu ! ma fille ! c'est tout naturel ! Il ne fait que son devoir !... Je suis même étonnée qu'il n'ait pas pensé plus tôt à te le dire !... Enfin, mieux vaut tard que jamais !...

Le lendemain, bien avant l'ouverture des portes, Solange se rendit avec Véronique au Palais de Justice. Elles furent admises à prendre place au premier rang du public, sur les bancs réservés aux témoins.

Lorsqu'elle vit son père entrer dans la stalle des accusés entre deux gendarmes, elle fut douloureusement impressionnée de constater combien il avait vieilli, pendant ces deux mois et demi de séparation. Sa chevelure encore toute noire auparavant était parsemée de taches blanches, son dos semblait courbé.

Des larmes coulèrent sur les joues de l'infortunée.

L'interrogatoire du fermier ne fut que la répétition du dialogue de l'instruction. Le président rappela toutes les circonstances du crime, la découverte du chapeau et du revolver.

L'accusé nia de toutes ses forces.

L'audition des témoins n'apporta aucun éclaircissement.

La mère Marianne et Isidore, le garçon de ferme, ne purent que répéter ce qu'ils avaient dit au juge d'instruction. Les témoins à décharge cités par la défense firent tous l'éloge des qualités de Marbeau.

Armand de Sauliac, toujours alité, disait le certificat du major, ne parut pas à l'audience. Il fut donné lecture de sa déposition écrite dans laquelle il déclarait ignorer le nom comme le visage de son meurtrier et qu'il lui était impossible d'accuser Charles Marbeau.

Le président ressentit un scrupule comme le juge d'instruction :

— C'est dommage, dit-il à l'accusé, que vous vous obstiniez dans une dénégation invraisemblable. Vous gâtez réellement votre cause. Devant vos aveux et votre repentir, le jury, je crois pouvoir l'avancer, se montrerait indulgent vers vous.

— Si j'étais coupable, répéta encore l'accusé, je m'en vanterais au lieu de nier.

A ce moment, une voix s'éleva dans le prétoire :

— Je demande à être entendue !... De grâce, monsieur le président, laissez-moi défendre mon père.

En toute autre circonstance, le président se serait formalisé d'une telle interruption et aurait fait mettre l'auteur à la porte mais, disposé comme il l'était en faveur de l'accusé, touché d'autre part, à la vue de cette belle jeune fille éplorée, il fit le simulacre de prendre l'avis du procureur de la République ainsi que des deux juges assesseurs, et, certain de l'assentiment général, il dit à Solange, d'un ton bienveillant.

— Approchez-vous, mon enfant, et parlez !...

— Mon père est innocent, articula Solange, d'une voix bien timbrée, il est l'homme bon, loyal et sincère au suprême degré. Il sait bien qu'il court plus de danger à proclamer son innocence qu'à se reconnaître l'auteur du crime. Il n'hésite pas parce qu'il n'a jamais menti !... C'est que ce n'est pas lui qui a tiré les deux coups de revolver dans la fatale nuit. Non, non, je vous le jure, ce n'est pas lui !...

« Il n'y a qu'une personne de coupable, ici, c'est moi, puisque c'est moi qui ai commis la faute d'où sont venus tous les malheurs, puisque c'est moi qui fournis à la justice l'arme la plus terrible contre mon père... O mon père adoré, pardon, encore une fois, je te le demande à genoux devant tout le monde. Ne repousse pas mes prières, aie pitié de moi !...

Charles Marbeau ne put résister à l'attendrissement qui débordait de son cœur. En voyant cette enfant qu'il avait tant aimée, qu'il chérissait ardemment encore, prosternée devant lui, terrassée par le repentir et la douleur, secouée par les sanglots, il sentit fondre toute la rancœur qui s'était amassée en lui.

Il laissa tomber sur Solange un regard d'une infinie douceur et ses lèvres murmurèrent : Je te pardonne !...

Avant que personne n'eût le temps de l'en empêcher, elle se jeta d'un bond dans les bras de son père, en criant comme autrefois, lorsqu'elle était enfant :

— Oh ! mon papa !... mon cher papa !...

Le public transporté faillit applaudir à cette scène de réconciliation. Sur un signe du président, l'huissier sépara la fille du père et la reconduisit à son banc.

L'audience reprit son cours.

Le procureur de la République, M. de Mondion, commença par blâmer l'incident qui venait d'avoir lieu et qui ressemblait trop à un coup de théâtre préparé par la défense pour surprendre la commisération des jurés. Puis, analysant les faits de la cause, il rendit la culpabilité de Charles Marbeau, palpable, indubitable, claire comme la lumière du jour.

L'avocat de l'accusé, un des maîtres du barreau de Chartres reprit la thèse ébauchée par Solange, fit valoir toute la vie d'honneur de son client, insista surtout sur ce point que Marbeau, même coupable, devait être acquitté, puisqu'on ne pouvait lui refuser le bénéfice de l'excuse légale, plaida énergiquement l'innocence et demanda l'acquittement pur et simple.

Le jury se retira dans la salle de délibérations d'où il revint, trois quarts d'heure après, avec un verdict affirmatif mitigé de circonstances atténuantes.

C'était la condamnation.

La Cour appliqua l'article 309 du Code pénal dans le minimum de ses dispositions.

Charles Marbeau fut condamné à deux ans de prison et seize francs d'amende.

En entendant cet arrêt, il releva la tête et dit aux juges d'une voix claire et forte :

— Je suis innocent, messieurs !...

Une consternation générale régnait dans la salle d'audience. La plupart des assistants avaient espéré l'acquittement du malheureux père. Troublé de sa propre décision, le jury signa aussitôt un recours en grâce en faveur du condamné.

Quant à Solange, elle se raidit contre le désespoir qui l'étreignait, elle se précipita dans le couloir où elle embrassa éperdûment son père, et quitta le Palais de Justice, abîmée de douleur et de remords.

Dès le lendemain, accompagnée de Véronique, Solange se rendit à la prison de Chartres.

Le directeur qui avait suivi les débats avec intérêt et qui considérait Marbeau comme victime d'une erreur judiciaire autorisa immédiatement les deux femmes à avoir avec son prisonnier l'entretien qu'elles sollicitaient.

Le père et la fille mêlèrent en se retrouvant, leurs embrassements et leurs larmes.

— Et toi, ma bonne Véronique, est-ce que tu me crois coupable, demanda le fermier à la nourrice qui, elle aussi, ne pouvait retenir ses larmes.

— Vous, coupable ?... Jamais de la vie ! C'est impossible d'abord. Vous êtes innocent et votre condamnation est abominable.

— C'est bien ce que tu dis là, Nourrice, fit Solange, et ça prouve ton bon cœur, ta droiture d'esprit ! Combien je me repens d'avoir manqué de confiance en mon père et de ne lui avoir pas avoué mon amour !..

— Sortez, sortez, Monsieur. (Page 46).

Et elle commença sa longue confession que, sans l'interrompre une seule fois, Marbeau écouta attentivement.

— Tu vois, père, conclut-elle, je suis coupable de grande légèreté. Mais, sur les cendres de ma bien-aimée mère, je te jure qu'il n'y a entre M. de Sauliac et moi aucun lien dont tu puisses rougir. Il m'avait promis de demander ma main. Il est prêt encore à tenir sa parole.

— Même après ce jugement qui me condamne et me flétrit !...

— Quelle que soit la décision des [illegible]es, je tiendrai ma promesse, m'a-t-il fait dire avant-hier

— Dieu l'entende, mon enfant !... Ah ! malheureux que je suis de ne pas avoir compris !... Et pourtant, t'aurais-je écoutée avant le jugement que je n'en aurais pas moins repoussé l'imputation dirigée contre moi... Je ne puis avouer un crime que je n'ai pas commis. Et dire que c'est cette dénégation inflexible, qui a indisposé le jury contre moi, c'est mon innocence qui m'a condamné !...

— C'est affreux !... s'écria Véronique !...

— Enfin, on m'a dit que le jury avait signé un recours en grâce, espérons !... Un fil me rattache à l'existence, c'est l'espoir de te voir épouser ce jeune homme, ma chère Solange, tu recouvreras ainsi avec l'estime du monde, la situation brillante, heureuse, que j'avais rêvée si passionnément pour toi !... Que le lieutenant te donne son nom, c'est pour moi aussi un nouveau pacte avec la vie, car c'est le premier acte de ma réhabilitation. Qui doutera de mon innocence si ma prétendue victime elle-même la proclame !...

Il fit une pause et continua :

— J'ai vécu cinquante ans dans une atmosphère de bonheur, de gaieté, d'indépendance... Etre enfermé maintenant entre quatre murs, mesurer mes pas entre les étroites parois d'une cellule, respirer l'air étouffant de la prison, avoir à supporter ce plus lourd fardeau de la mésestime ou de la pitié publique, à cela, vois-tu, je ne survivrais pas ?...

Ton bonheur, Solange, peut me faire envisager la vie sous de meilleurs auspices. J'y puiserai des forces morales qui me soutiendront jusqu'au bout de mon martyre !... Et encore, est-ce que je pourrai !... Jamais, non, jamais je ne pourrai rester deux ans en prison. Je serai mort bien des mois avant ce terme !...

— O mon père, que dis-tu, s'effraya la jeune fille !

— Hélas, continua le malheureux en mettant la main sur le côté gauche de la poitrine, il y a là, ma pauvre enfant, quelque chose de brisé, je ne ferai pas de vieux os.

L'entrevue se serait prolongée longtemps encore sans l'intervention d'un gardien qui vint y mettre fin. Les deux femmes promirent de revenir le jour le plus prochain qui leur serait permis et quittèrent la prison.

Il était deux heures du soir.

Comme Solange et sa nourrice venaient de rentrer dans le petit logement de la rue de la Tonnellerie, une fanfare militaire jeta ses vibrants accords à tous les échos.

Véronique ouvrit la fenêtre et fut éblouie !... Toute une masse de cavaliers chamarrés de bleu et de rouge, ondulant avec ensemble, débouchait au coin de la rue. Solange s'avança à son tour et demeura comme étourdie, son cœur se serra, ses joues devinrent d'une blancheur de cire !...

A ce moment, le capitaine Barroux traversait à cheval, sur les flancs de sa compagnie... L'apparition de Solange frappa ses regards, il salua de l'épée et instinctivement se retourna. Armand de Sauliac chevauchait à trois pas de lui !...

A un signe de son capitaine, Armand leva la tête. Ses yeux se rencontrèrent avec ceux de la jeune fille. L'éclair jaillit des deux côtés.

Il y avait un saisissant contraste entre elle, à demi-recluse, obligée de fuir le monde et ce brillant cavalier que l'on disait hier encore cloué sur son lit de douleur et aujourd'hui paradant, en public, dans les sonorités d'une marche militaire !...

Un sombre pressentiment l'envahit toute. Elle s'affaissa évanouie dans les bras de Véronique en poussant un cri désespéré !... Etait-ce un appel ou une invocation ?...

— Oh ! mon Dieu !... mon Dieu !...

— Solange, murmura Armand, chère Solange !...

Le capitaine Barroux avait ralenti le pas de son cheval.

— Allons du courage !... dit-il au lieutenant !... Ta destinée est ailleurs !... En avant !...

— Où donc vont-ils les chasseurs ? demanda une femme.

— Changement de garnison ! lui répondit-on. Ordre du ministre. Régiment déplacé à [illegible] ce fameux procès, vous savez, l'ordre est arrivé hier soir !

XI

La mort du Juste

Antoine Balesdant se mit en campagne. La moisson qu'il avait semée était mûre.

Le départ du lieutenant de chasseurs faisait disparaître à tout jamais un rival redoutable. Solange délaissée, ayant au front la tache d'une liaison si tristement rompue, devenait une proie facile à reconquérir.

L'aventure amoureuse lui importait peu pourvu qu'il eût la femme et la fortune. C'était au contraire une chance de plus pour lui.

Ses menées scélérates avaient eu plus de succès qu'il ne l'avait imaginé.

Le père et la fille, tombés dans un abîme de honte et d'infortune, ne pouvaient que faire bon accueil à ses avances.

Ainsi jugeait le sinistre individu. Il demanda et obtint assez facilement un permis de visiter l'infortuné Charles Marbeau à la prison de Chartres.

Un après-midi, il se rendit au parloir.

Pour cette circonstance, il s'était mis en frais de toilette. Il portait sans trop de gaucherie, une jaquette de drap noir. Son gilet entr'ouvert laissait voir un blanc plastron de toile sur lequel s'étalait une cravate piquée d'une épingle d'or. Cet assemblage était surmonté d'un faux-col droit

Ainsi paré dans son costume battant neuf, ayant une élégance mieux que villageoise, Antoine, avec sa haute taille, pouvait passer pour un beau garçon, n'était l'expression de ses yeux trop enfoncés, au reflet verdâtre au regard oblique.

Charles Marbeau le toisa d'un œil irrité.

— Que viens-tu faire ici ? lui demanda-t-il.

— Pardon, monsieur Marbeau, répliqua Antoine en affectant une pénible surprise, c'est bien à moi que vous parlez sur ce ton ? J'en suis consterné, car je n'ai rien fait pour m'attirer vos reproches.

— Tu n'as rien fait, triple coquin... Ose le répéter.

— Je vous assure, monsieur Marbeau, que vous vous méprenez sur mon compte. De quoi m'accusez-vous ?

— De tous les malheurs qui me sont arrivés. C'est toi qui as fait le coup de la « Mare-aux-Chênes » !

— Moi qui ai tiré sur le lieutenant ?

— Oui, toi.

— Oh ! monsieur !... Alors, ce n'est donc pas vous ?... Mais non, sot que je suis, puisque vous avez toujours soutenu le contraire... Et vous m'avez cru capable ?... Mais pourquoi ? Dans quel but ?...

— Dans le but de te venger de ma fille qui t'avait repoussé, de l'officier que tu haïssais. Il n'y a que toi, avoue-le, gredin qui as pu commettre l'attentat. Le pis, c'est le mal que tu m'as fait.

— Le mal que je vous ai fait...

— Oh ! ne fais pas l'ignorant. Tu t'es servi de mon chapeau et de mon revolver pour me compromettre, pour me désigner comme le coupable, pour assurer ton impunité. Voilà ton crime, voilà ta lâcheté. Ce n'est pas le lieutenant, c'est moi que tu as frappé d'une blessure mortelle, moi qui n'ai jamais eu que des bontés pour toi !...

Antoine releva hautement le front et, prenant un air indigné.

— Ce n'est pas juste, monsieur, de parler comme vous le faites, à un honnête garçon qui ne venait ici qu'animé de bonnes intentions, pour vous présenter une proposition... acceptable, vous la renouveler plutôt.

— Quelle proposition ?

— Les malheurs que vous avez subis n'ont rien changé à mes sentiments pour vous, à mon affection pour votre fille. Vous vous proclamez innocent, je le crois, monsieur Marbeau, et je vous honore tout comme auparavant...

— Ah ! c'est toi que j'entends !... fit le fermier dans un mouvement de révolte.

— Je vous ai dit que j'aimais toujours mademoiselle Solange. Dans sa position, elle a besoin de quelqu'un qui la protège, qui la fasse respecter.. Et puis, il faut aussi un homme dans la ferme, quelqu'un d'expérimenté de solide, pour la faire marcher quand vous n'êtes pas là... Je me présente encore une fois... Je vous redemande la main de votre fille. Elle n'aura rien à craindre à mon bras, je vous le jure... et la culture des champs ne souffrira pas de votre absence.

— En voilà assez, maître Antoine, répliqua le prisonnier d'un ton sévère. Ta démarche est inutile. J'ai un gendre tout trouvé, et ce n'est pas toi...

— Qui est-ce donc ? fit le rustre démonté.

— Le gendre que j'attends, le mari que ma fille doit avoir, c'est l'homme qui l'a compromise, c'est Armand de Saullac.

— Du moment que le mariage de Mlle Solange avec l'officier de chasseurs tient toujours, je n'ai plus qu'à m'incliner, en vous priant d'excuser mon audace, répliqua froidement le rustre décontenancé.

— Il n'y a pas d'offense, mon garçon.

Antoine se retira.

En sortant de la prison, il se rendit immédiatement chez la nourrice de Solange, rue des Tonnelles.

Pour pénétrer dans la maison il pria la vieille Véronique de l'introduire auprès de la jeune fille, de la part de son père.

A sa vue, Solange frissonna.

Pour elle, il n'y avait aucun doute. Son père était innocent du crime de la « Mare-aux-Chênes », et le coupable, l'auteur du forfait et de toutes les catastrophes, c'était cet Antoine Balesdant qui osait en ce moment se montrer à ses yeux.

— De la part de mon père !... fit-elle, saisie de stupeur.

— Oui, mademoiselle, je viens de le voir.

— Vous avez eu cette audace ?...

— Il m'a engagé à venir vous parler.

— Qu'avez-vous à me dire ?

— J'ai à vous dire, mademoiselle, que vous devez m'écouter avec moins d'aversion. Vous avez tort de me mépriser et de me regarder comme un ennemi, moi qui ne demande qu'à vous prouver mon dévouement.

— Vous, votre dévouement, à vous, jamais !...

Voulant forcer jusqu'au bout l'attention de la jeune fille, Balesdant invoqua encore imprudemment le nom du fermier. Il poursuivit :

— Ce n'est pas l'avis de M. Marbeau qui m'a autorisé à faire cette démarche.

— Cette démarche !... Mais, expliquez-vous donc.

— Votre père a compris, mademoiselle, qu'il fallait, lui absent, une tête pour diriger la ferme, et à vous un bras pour vous protéger. Malgré les événements, mes sentiments pour vous sont restés les mêmes. Rien n'a pu effacer votre image, qui est restée gravée là, sur mon cœur... Je vous ai...

— Assez, monsieur, sortez... Pas un mot de plus... Vos paroles me révoltent.

En proférant ces mots, elle s'était rejetée en arrière, comme on recule instinctivement devant le sifflement et la vue d'un reptile.

Un flot de sang avait envahi son visage.

L'indignation éclatait dans tous ses traits.

Antoine avala d'abord l'offense et surmonta son dépit.

— Réfléchissez, mademoiselle, avant de céder à d'injustes préventions. Je serai pour vous...

— Sortez !... sortez !...

Solange, cette fois, marchait contre l'impudent visiteur, le bras étendu vers la porte, les prunelles jetant des flammes.

— Ah !... vous le voulez !... fit Antoine !... eh bien, soit !... Nous nous reverrons !...

Et il sortit brusquement en murmurant tout bas des paroles de haine...

Ainsi, c'était fini, cette fois ! L'orgueil de cette péronnelle faisait écrouler tous ses projets. La femme et le domaine ?... songes creux, d'une réalisation impossible !... La fortune, les beaux rêves d'avenir s'évanouissaient sous le souffle capricieux d'une jeune fille.

C'était bien la peine d'avoir commis un crime, déshonoré un homme, préparé une combinaison si délicate et si laborieuse, pour aboutir à quoi ? A l'échec le plus humiliant, le plus complet.

Eh bien ! les choses n'en resteraient pas là. Puisque la fille de Marbeau l'avait provoqué, il allait répondre, prendre sa revanche.

Si toute autre satisfaction lui était refusée, il aurait au moins celle-là

Au lieu de retourner tout de suite à Dammarie, Antoine entra dans un café, demanda une absinthe et de quoi écrire.

Le garçon mit devant lui une bouteille d'encre, et un petit sous-main poisseux; dans l'intérieur du buvard Antoine trouva un porte-plume et une feuille de papier.

Il traça sur cette feuille quelques lignes d'une main fébrile, puis il la plia en quatre et la fourra dans une enveloppe sur laquelle il écrivit cette adresse

Monsieur Charles Marbeau
à la prison de Chartres

Cela fait, il versa naïvement sur l'absinthe un demi-verre d'eau, absorba d'un trait, sans faire la grimace, la corrosive liqueur, régla la dépense, et, une fois dehors, glissa la lettre dans la première boîte postale qu'il rencontra sur son chemin.

Elle se mit à la bercer tendrement. **(Page 41).**

Un nouveau crime était consommé.

Le lendemain, vers dix heures du matin, un gardien de la prison remit la lettre au destinataire.

Charles Marbeau regarda la suscription. Écriture inconnue, timbre de départ de Chartres, de qui ce pli pouvait-il émaner ?...

Il l'ouvrit à la hâte et ses yeux se portèrent d'abord sur la signature qui n'était pas dissimulée.

— C'est d'Antoine Balesdant... Déjà... Que me veut-il ?

Il lut.

Une pâleur soudaine couvrit son visage. La feuille de papier trembla dans ses mains.

Il crut avoir mal compris et recommença la lecture de la fatale lettre, qui ne contenait du reste que ces mots :

« Monsieur Marbeau,

« Mademoiselle Solange avec qui je voulais avoir un moment d'entretien m'a chassé brutalement. Elle a eu tort pour elle comme pour vous, car j'aurais été un travailleur sérieux, un mari modèle, l'homme qu'il fallait pour diriger le domaine et rendre l'honneur à votre fille, après le complet abandon de celui qui l'a compromise.

« Elle vous a leurré d'un mariage impossible. L'officier de chasseurs a quitté Chartres avec son régiment qui a changé de garnison. Ce galant titré se soucie de la fille Marbeau à peu près comme elle se soucie de moi.

« Recevez, Monsieur, les adieux de votre serviteur.

« Antoine Balesdant. »

— Abandonnée !... J'ai bien lu !... Ah ! la malheureuse.

En jetant ces paroles d'une voix saccadée aux échos de la cellule, Charles Marbeau se laissa tomber sur sa chaise.

Cette nouvelle lui avait fauché les jambes. De grosses gouttes perlaient à son front.

Son cœur, son pauvre cœur malade, hypertrophié par le chagrin, sembla se dilater encore dans une crise d'étouffement.

— C'est fini cette fois, murmura-t-il, je n'y survivrai pas... C'est trop de souffrances !... Elle, ma fille, ma Solange, me tromper de la sorte, me tromper toujours !... Oh ! mon Dieu, mon Dieu ! Qu'ai-je donc fait pour que tout m'accable !... Elle que je revois encore toute petite, comme si c'était hier, avec ses beaux cheveux bouclés, ses grands yeux calmes, son joli sourire d'ange !... C'est elle qui me retourne sans cesse le poignard dans le cœur !... Oh ! oh !

De forts sanglots secouaient la poitrine du prisonnier.

Puis, dans un effort pénible, il se redressa. Un coup d'indignation lui avait rendu des forces. Il étendit son poing fermé du côté de Barjouville, en forme de menace, et, la figure crispée, fit entendre ces mots :

— Ah ! cruelle enfant, tu me tues ! Tu m'as frappé à mort, je le sens... Voilà donc la récompense de dix-huit ans d'affection, de dévouement et de sacrifices !... Tu vas venir aujourd'hui pour voir ton vieux père si malheureux... Mais c'est de toi que vient tout son malheur... Oh ! je t'attends, maintenant, fille ingrate et sans pudeur, je t'attends !...

Puis, il brandit le poing comme pour en asséner un coup terrible, et soudain il retomba sur sa chaise, terrassé par les palpitations qui l'étreignaient à la poitrine avec un redoublement d'intensité.

Une heure plus tard, le gardien en entrant dans la cellule pour apporter le repas du prisonnier le trouva inanimé...

Charles Marbeau était mort d'une embolie.

VII

Seule !...

Après la cérémonie funèbre des obsèques, dans la chapelle de la prison, après le triste cortège rapidement conduit au cimetière de Barjouville, suivi seulement de quelques vieux amis de Marbeau qui, bien que croyant à son innocence, avaient hâte de rentrer chez eux pour ne pas trop afficher publiquement leur conviction, après la condamnation prononcée, Solange revint, dans le petit logement de la rue des Tonnelles, à Chartres, avec sa fidèle Véronique.

Alors tomba toute l'énergie dont elle avait fait preuve jusqu'alors, pendant les sombres jours précédents. Les larmes qu'elle avait contenues s'échappèrent de ses yeux et coulèrent en abondance.

— Ainsi donc, murmurait-elle d'un accent farouche, me voilà abandonnée, sans soutien dans la vie, livrée au mépris public. Oh ! c'est la malédiction du ciel qui me poursuit !...

— Allons, allons, ma fille, adjurait Véronique, il faut être forte et courageuse, tu as des devoirs à remplir, avant tout, il faut réhabiliter la mémoire de ton père, démasquer le vrai coupable que nous connaissons. Tu dois être vaillante pour accomplir cette tâche. Je t'y aiderai de tout mon pouvoir !...

— Ma nounou ! ma nounou !... je suis bien malheureuse !

Et la pauvre enfant se jeta dans les bras de la vieille femme qui la berçait comme au temps où elle était toute petite.

— Pleure, lui disait-elle, pleure ma fille, les larmes soulagent !

Une pitié immense s'emparait de la dévouée Véronique, en contemplant Solange que la marâtre destinée accablait de ses coups et qui ne lui laissait que la honte en perspective.

Pendant plusieurs jours, Solange refusa de sortir. Les deux femmes se confinaient dans leur douleur.

Elles cherchaient, d'ailleurs, à savoir quelle ligne de conduite elles allaient adopter, quels projets elles allaient mettre à exécution.

Tandis que la mère Marianne, dont la méchanceté ne méritait que le mépris racontait à tout venant que le lieutenant, généreux à son égard lui assurait une petite rente jusqu'à la fin de ses jours, la jeune fille si belle et si aimante dont Armand de Sauliac avait fait sa fiancée subissait la révoltante injustice du monde qui la rejetait de son sein et la vouait à une existence misérable !...

— Ah ! si je n'étais pas seule ! répétait Solange, si j'avais un guide !...

— Oui, oui, je sais, reprenait Véronique. Après la visite du capitaine, l'autre jour, tu as cru que ton amoureux te serait fidèle, malgré tout, son départ brusque pouvait se comprendre puisque le régiment était déplacé par ordre, mais son silence depuis lors ne s'explique pas !... Vois-tu, il est comme les autres !... Il attendait un jugement qui eût lavé ton père de l'infâme soupçon qui pesait sur lui. Mais la justice a prononcé... C'est fini de ses belles promesses et de ses témoignages d'affection. Il ne veut pas être le gendre d'un condamné.

— Je lui souhaite de garder une conscience légère, à l'abri du remords, répliquait la douloureuse fiancée et, pourtant, en elle-même, elle gardait un vague espoir que le silence d'Armand serait expliqué.

Son cœur d'amante ne se trompait pas.

Un matin, elle avait résolu d'aller avec Véronique à la ferme qu'elle voulait se décider à vendre, puisque malgré le dévouement resté absolu de Clémence et d'Isidore, elle se sentait incapable de la gérer.

La nourrice, avant de quitter son logement, s'assurait que tout était en ordre, qu'il n'y avait pas de danger d'incendie, que le compteur à gaz était bien fermé, que les fenêtres étaient bien closes.

Solange, prête, attendait patiemment que la brave femme ait terminé son inspection lorsque l'on sonna à la porte.

— Le facteur, sans doute, pensa-t-elle.

Elle ouvrit et un cri lui échappa des lèvres, un cri de surprise :

— Vous !... vous !...

Armand de Sauliac, en civil, se tenait devant elle, le chapeau dans la main gantée, un peu indécis ou plutôt étonné de l'apparition de celle à laquelle il venait rendre visite. Les vêtements de deuil de Solange dont il distinguait à peine le visage sous le long voile noire, semblaient l'intriguer profondément. Il y eut une seconde de silence entre les deux jeunes gens, une seconde d'hésitation de part et d'autre, mais leurs regards se rencontrèrent et se comprirent.

— Il y a si longtemps que j'attendais votre visite, reprocha doucement Solange, que je n'osais plus l'espérer. Mon malheureux père n'est plus !...

— Pardonnez-moi, reprit Armand, mais j'ai dû m'incliner devant la discipline militaire. J'ai été aux arrêts de rigueur pendant un mois !...

Ils entrèrent dans la petite salle à manger de Véronique qui, discrètement, se retira dans sa chambre afin de les laisser librement s'expliquer seule à seul.

Lorsque le capitaine Barroux était venu informer Solange que le lieutenant gardait pour elle, tout entière, l'affection qu'il lui témoignait avant le crime de la « Mare-aux-Chênes », de Sauliac, encore incapable de se servir de son bras droit immobilisé dans un appareil, n'avait pu écrire.

Par une discrétion fort compréhensible, avec l'assentiment du major, il avait prolongé sa convalescence pour ne pas comparaître comme témoin devant le tribunal.

Le jour même où guéri, il espérait rendre visite à Solange, le régiment recevait l'ordre subit de changer de garnison.

A l'arrivée à la caserne de Vincennes, une punition de trente jours d'arrêts de rigueur lui avait été infligée.

Le ministre de la Guerre avait, paraît-il, vertement tancé le colonel, au sujet des officiers de chasseurs, signalés par la plainte d'un habitant, comme étant cause de scandales, en courtisant les filles de la ville et de la campagne. Le drame de la « Mare-aux-Chênes » était naturellement cité comme la preuve des faits énoncés dans la dénonciation.

De tout ceci, Armand ne voulait plus se rappeler qu'une chose : ses engagements vis-à-vis de sa fiancée. Il n'avait pas cessé d'aimer Solange, il venait, fidèle à sa promesse, lui offrir son nom.

Bien que le silence du jeune officier pendant une longue période de trois mois, lui eût inspiré les plus tristes réflexions, la jeune fille avait gardé une lueur d'espoir. Elle écoutait les explications qui lui étaient données et croyait à leur sincérité.

En réalité, ce que ne disait point de Sauliac, c'est qu'il avait lutté longtemps contre des sentiments contraires, contre l'avis même de son ami Barroux.

A présent qu'il était là, devant elle, lui rappelant avec sa loyauté de gentilhomme et de soldat, qu'il n'avait pas oublié les paroles échangées, avant le moment fatal du dernier rendez-vous, à présent que le malheur immérité tombé sur Charles Marbeau avait rejailli sur elle, Solange se demandait s'il n'était pas de son devoir de refuser l'offre qu'il venait lui proposer.

Devait-elle consentir à être sa femme ?... à enchaîner sa vie à celle d'Armand.

Plus tard, quand la fougue de la passion serait tombée, ne se repentiraient-ils point tous les deux de s'être unis ?... Et au lieu d'une victime n'y en aurait-il pas deux qui souffriraient ?... Elle et lui !...

Elle écoutait donc parler Armand, sans interrompre son long plaidoyer. Quand il eut terminé, elle répondit lentement :

— Mon père serait vivant que j'aurais accepté d'être votre femme, afin de lui donner la seule consolation, la véritable réparation qu'il attendait de moi. Il n'en est plus ainsi aujourd'hui, je vous remercie, Armand, de votre démarche. Je l'attendais, elle sera une atténuation très sensible à ma peine. Vous ne pouvez, vous ne devez plus songer à la fille de celui que les juges ont condamné comme votre meurtrier.

— Mais cette condamnation est inique !...

— Tout le monde ne pense pas ainsi !...

— Mais que m'importe tout le monde !... En vous donnant mon nom, je ferai taire les médisants !...

— N'êtes-vous pas obligé de demander au ministre l'autorisation de vous marier ?

— Simple formalité !

— Et si on vous refusait cette autorisation quand on saura qui vous voulez épouser ?...

— Eh bien, je briserais mon épée, je donnerais ma démission, ma fortune me permet de vivre en dehors de l'armée.

— Solange, ce n'est pas votre dernier mot ?...

Elle ne répondit que par un signe affirmatif de la tête.

Armand se leva, très pâle. Il tendit la main à la douloureuse éprouvée :

— Ma chère fiancée, dit-il d'une voix grave, je vous jure que mon amour sera plus fort que tout !... Je ne veux pas aujourd'hui insister davantage, je reviendrai, croyez-moi !... Quand reviendrai-je ?... je l'ignore ! promettez-moi de m'attendre. Alors, les arguments que je vous apporterai seront tels que vous ne pourrez plus refuser d'être ma femme !... Solange, je vous aime, ayez confiance en mon amour !...

— Merci de vos paroles, répondit-elle, elles me sont un baume salutaire, mais encore une fois, mon ami, ne poursuivez pas un vain rêve. Certes, je ne vous oublierai jamais, je resterai fidèle à votre souvenir, à notre amour !... Je ne veux pas que vous brisiez votre épée pour moi !... Je ne veux pas être un obstacle à votre avenir !... Adieu, ami !...

— Non, au revoir !...

Et, refoulant les larmes qui, malgré sa volonté, lui montaient aux paupières, Armand de Sauliac s'empressa de quitter sa triste fiancée.

Alors, Solange, elle aussi, put donner libre cours à ses pleurs. Véronique parut. Elle avait entendu une partie de la conversation des deux amants.

— Qu'as-tu fait ?... qu'as-tu fait ?... interrogea-t-elle tout bas... Ma pauvre enfant ! ma pauvre enfant !...

— Mon devoir, nounou, mon devoir !... Mais je suis bien malheureuse, bien malheureuse !...

La nourrice ne répliqua pas. Elle prit la jeune fille dans ses bras, l'assit sur ses genoux, et se mit à la bercer tendrement, comme elle faisait lorsque Solange avait du chagrin et qu'elle était toute petite.

X

Le temps passe vite

Six mois s'étaient écoulés depuis qu'Armand de Sauliac avait dit à Solange : « Promettez-moi d'attendre, au revoir ! ».

La fille du fermier était parvenue à décider Véronique à quitter Chartres.

— Allons-nous-en loin de ce pays, nounou !... Bien que personne ne fasse allusion au douloureux événement qui a brisé ma vie, je me sens isolée, d'autant plus isolée que l'on a l'air de me plaindre, de me sourire en s'apitoyant sur mon sort. Ailleurs où nous serons des inconnues, nous serons à l'abri de ces marques de commisération et de pitié qui me sont d'autant plus pénibles qu'elles cachent, sous leur bienveillance apparente, une rancœur qui, loin de s'atténuer, s'affirme, au contraire, de jour en jour.

A force de ressasser semblable discours à Véronique, Solange finit par la convaincre.

Elle se rendit chez le notaire et le pria de mettre en vente la ferme de Barjouville et ses dépendances.

Lorsque les affiches furent apposées dans l'arrondissement, ce fut, sur tous les marchés des alentours, le sujet de la conversation générale des fermiers.

Pendant ce temps, dans l'ombre, celui qui avait causé le malheur de Solange, celui qui avait perpétré le crime et avait laissé condamner à sa place un innocent, celui-là, Antoine Balesdant se réjouissait.

— Il n'y aura pas de surenchères, pensait-il, on sera obligé de vendre sur baisse de prix. C'est moi qui serai acquéreur de la ferme de la belle Solange !... Et lorsque je serai le maître de céans, alors !... je renouvellerai ma proposition de mariage !...

Il se frottait les mains !... Il avait écouté, à droite, à gauche, les confidences des cultivateurs, il avait sondé le terrain, comme on dit.

— Ce serait bien l'affaire de ton père, lui avaient chuchoté les paysans à l'oreille, vos deux fermes sont limitrophes, vous aurez ça pour un morceau de pain !...

Dans le fond, chacun cherchait à déprécier la vente et pensait se rendre acquéreur à un prix infime.

Le jour des enchères, à la mairie de Barjouville, dans la petite salle qui servait à la fois pour les mariages et les séances du conseil municipal, le notaire, accompagné de son principal clerc et d'un crieur, arriva vers deux heures de l'après-midi.

Sur la table recouverte d'un tapis, jadis vert, maculé de taches de graisse et d'encre, il plaça un petit triangle de bois qui portait trois minuscules bougies.

A deux heures précises, il annonça :

— Nous allons vous donner lecture du cahier des charges !

Le clerc ouvrit un dossier et ânonna, pendant cinq minutes, un grimoire diffus. Parmi l'auditoire, les uns hochaient la tête, les autres discutaient les chiffres d'arpentage, la valeur des terres. Puis, l'officier ministériel frappa d'un petit marteau à manche d'ivoire sur la table et déclara :

— Nous allons mettre aux enchères, par lot, au dernier feu ! Premier lot : la ferme et les bâtiments annexes. Mise à prix : cinq mille francs. Nous allumons le premier feu !...

Les paysans se consultèrent du regard mais pas un ne bougea. La petite bougie se consuma.

— Deuxième feu !...

Alors le crieur commença à bonimenter mais aucun des assistants ne prêta attention à ses plaisanteries, connues d'ailleurs, car il les répétait à chaque vente publique.

Dans la foule, assisté de son père, Antoine Balesdant impassible en apparence, suivait de l'œil la fonte du minuscule morceau de cire.

— Troisième feu !... reprit le notaire. S'il n'y a pas d'enchérisseur, nous ajournerons la vente pour baisse de mise à prix.

Un sourire de satisfaction passa sur les lèvres de tous les paysans. La troisième bougie brûlait. Elle touchait à sa fin, encore une seconde et la mèche allait jeter sa dernière lueur. Soudain, une voix sonore retentit :

— Dix mille !...

— On a dit dix mille !... fit le notaire étonné.

— Oui, dix mille !... confirma la voix.

Toute l'assistance se retourna. Un homme, à barbe et cheveux blancs, s'appuyant d'une main sur une forte canne à béquille d'ivoire, levait l'autre main pour indiquer à l'officier ministériel que c'était lui qui venait de surenchérir. Il était d'une mise correcte, de taille moyenne, de corpulence un peu forte, le type du bon bourgeois plutôt que du campagnard.

— Nous allons rallumer les feux sur dix mille, premier feu !...

Antoine Balesdant que la présence de cet inconnu et surtout sa surenchère contrariait au plus haut degré, s'approcha de lui et tout bas, lui fit remarquer :

— Vous savez que la rente a lieu expressément au comptant, et qu'il vous faudra consigner immédiatement la forte somme à peine de nullité ?...

— Ne vous inquiétez pas de cela, monsieur, répondit l'inconnu, j'ai ce qu'il me faut en portefeuille.

— Dix mille cents francs, osa Antoine.

— Vingt mille ! lança l'étranger.

Cette fois, il était inutile d'insister. Les feux s'éteignirent.

— Adjugé !... vingt mille, la ferme et les dépendances, à Monsieur ?...

— Pierre Saugé, éleveur, à Saint-Martin-en-Dives, près de Caen.

Successivement, les différents lots furent adjugés à cet inconnu du pays. Une fois ou deux, il eut de timides adversaires qu'il éloigna aussitôt en doublant la mise à prix. La réunion globale fut proposée pour la forme, personne ne souleva de contestations.

Qui était ce personnage ?... D'où venait-il ?... C'est en vain que les gens de Chartres cherchèrent à le savoir. Personne ne pouvait les renseigner. Ils n'étaient d'ailleurs pas au bout de leurs étonnements.

Pierre Saugé, le soir même, eut une conférence avec le notaire. Ceci n'avait en somme rien d'extraordinaire. Il réglait ses comptes. Mais, aussitôt après, il se rendait à la ferme, faisait appeler Clémence et Isidore :

— Vous étiez précédemment chargés de la gérance de l'exploitation... Vous continuerez jusqu'à nouvel ordre.

Depuis lors, on ne l'avait pas revu. Il se contentait, de temps en temps, d'accuser réception des lettres qu'il recevait d'Isidore, chargé de la correspondance. Il donnait quelques ordres et c'était tout.

Solange ne savait rien non plus de ce mystérieux acquéreur. Il avait payé en bons billets de banque le prix de son enchère. En possession de sa modeste fortune, elle s'apprêta à quitter Chartres.

Une seule question restait en suspens. L'endroit où elle allait habiter. Véronique parlait de la Normandie. Solange du Midi. Et depuis quelques jours, c'étaient, à ce sujet, entre ces deux femmes, des discussions amicales, chacune cherchant à faire valoir ses objections.

Cédant enfin aux instances de sa nourrice, suivant aussi les conseils du notaire qui, par l'entremise d'un de ses confrères rouennais, lui avait proposé l'acquisition d'une maisonnette avec jardinet et verger, retraite fleurie et productive, Solange se décida à aller visiter la propriété qu'on lui proposait.

Celle-ci était située, non loin de Rouen, à Bon-Secours, tout en haut de la côte que domine une chapelle, lieu de pèlerinage très connu des touristes.

Le site plut à la jeune fille. Il enchanta Véronique. Le prix demandé par le vendeur n'était pas exagéré. L'affaire fut conclue.

Quelques jours après leur visite, les deux femmes déménageaient. L'installation, dans sa nouvelle demeure, fut pour Solange une diversion.

Un matin, à l'heure du déjeuner, Véronique venait de servir le café. La fenêtre de la salle à manger était ouverte. Du petit jardin où les premières fleurs printanières commençaient à s'épanouir, montaient les douces effluves d'une journée de printemps.

Soudain, la porte de la grille grinça sur ses gonds et le sable de l'allée crissa sous les souliers ferrés d'un gamin, qui demanda en apercevant la vieille femme à la fenêtre :

— Mme Bremont ?... C'est bien ici, n'est-ce pas ?...

— Qu'est-ce que tu lui veux, mon gars ?...

— C'est un télégramme !...

— Une dépêche !... juste ciel ! qui peut m'envoyer une dépêche ?...

Le télégraphiste avait déjà refermé la porte de la grille et dévalait en courant sur la grande route, que Véronique tenait encore entre ses mains, sans oser l'ouvrir, le petit bleu qu'elle venait de recevoir.

— C'est une dépêche, répétait-elle à Solange ! Prends-en connaissance toi-même. Je n'aime pas à recevoir de ces machins-là !...

Une exclamation sortit des lèvres de la jeune fille dès qu'elle eût jeté les yeux sur le contenu du télégramme :

— C'est du notaire !...

— Ah ! vraiment !... lis voir !...

— Voici :

« Me Pancier, notaire, prie Mme Bremont et Mlle Marbeau de vouloir bien le recevoir cet après-midi. Arrivera train trois heures, porteur bonne nouvelle. »

— Comme s'il n'aurait pas pu écrire grommela la nourrice, enfin !...

du moment qu'il apporte une bonne nouvelle, on peut l'excuser de nous avoir procuré une émotion.

— Une bonne nouvelle !... sourit Solange incrédule. Il n'y a pour moi qu'une seule bonne nouvelle et elle ne viendra pas !...

— Qui sait ?... qui sait ?... murmura Véronique en hochant la tête.

Exact comme un militaire au rendez-vous, Me Pancier se présenta à trois heures, chez les deux femmes.

— C'est surtout à Mlle Marbeau, dit-il, sur un ton quelque peu doctoral, après les formules de politesse d'usage, que j'ai l'honneur de rendre visite aujourd'hui.

Je n'ai pas voulu vous prier, Mademoiselle, de passer à mon étude. Je sais combien vous avez d'aversion pour notre ville qui vous rappelle trop de douloureux souvenirs. Mais, bientôt, je l'espère, vous pourrez y revenir la tête haute, car vous serez vengée, bien vengée !...

— Expliquez-vous, monsieur !

— De suite, chère mademoiselle, je n'ai pas l'intention de vous fatiguer par un long préambule, j'arrive au fait !... J'ai besoin de votre signature au bas de cette procuration...

Et il sortit de sa serviette un papier timbré.

« Afin de poursuivre une action pour laquelle nous avons tous les éléments, à l'heure actuelle. Il s'agit...

Ici, Me Pancier constata qu'il avait suffisamment éveillé l'attention de Solange, passa la main dans ses favoris, et souriant, il dit, en scandant les syllabes :

« — Il s'agit de la ré-ha-bi-li-ta-tion de mon-sieur vo-tre père !...

— La justice a donc reconnu son erreur ?... s'écria Solange.

— La justice est humaine, reprit le tabellion, elle est sujette à se tromper. C'est évident !... Pour lui démontrer qu'elle a prononcé à tort son jugement, il lui faut des preuves palpables, irréfutables, tangibles, ce sont choses difficiles à produire. Pour échafauder les preuves d'une erreur de la justice, il faut une persévérance inouïe ! C'est une lutte dans laquelle les courages de beaucoup succombent !...

— C'est parce que je me suis sentie seule et désemparée que je n'ai pas osé accomplir cette tâche !...

— J'allais vous le dire, mademoiselle !... mais heureusement, quelqu'un veillait sur vous !... M. de Sauliac !...

— M. de Sauliac ?...

— Oui, mademoiselle. C'est pour lui que je vous demande votre procuration, nécessaire pour introduire la demande en réhabilitation. L'assassin est connu, il a avoué devant témoins !...

— C'est Antoine Balesdant !

— Vous l'avez dit, mademoiselle !... Le misérable s'est fait d'ailleurs justice lui-même. Il s'est pendu dans son grenier. Mais avant de se suicider, il a écrit une lettre au procureur de la République dans laquelle il explique les motifs qui l'ont fait agir. Vous les connaissez !...

— Hélas !...

— D'ailleurs, c'est à la suite d'un second crime que vous ignorez... Mais, ceci a besoin de longues explications. Je vais vous les donner. J'ai apporté toutes les pièces nécessaires...

Alors, de sa lourde serviette, le notaire retira des liasses de papier timbré.

Tout en les plaçant sous les yeux de Solange stupéfiée, il lui apprenait qu'Armand de Sauliac avait fait acheter par un ami, M. Pierre Saugé, la ferme de Barjouville.

M. de Sauliac avait, disait-il, l'intention de quitter l'armée, de se consacrer à l'élevage et de devenir gentilhomme campagnard. En attendant, il avait chargé son ami d'une enquête discrète sur le crime de la « Mare-aux-Chênes ».

La mère Marianne, la vieille mégère, avait été l'objet d'une surveillance particulière. C'était le moment de lui payer la rente promise par Armand. La crainte de perdre ses écus si elle se l'aliénait en continuant à cacher la vérité, lui avait délié la langue.

Si elle n'avait pas parlé devant le juge, c'est parce qu'elle en voulait à Mlle Solange à laquelle elle demanderait humblement pardon.

Du reste, pour réparer, en partie, le mal qu'elle avait causé, elle prévenait l'officier que Balesdant méditait une vengeance contre le nouveau fermier de Barjouville qui le dépouillait, selon lui, du domaine qu'il convoitait.

Etroitement surveillé par Isidore, le drôle avait été surpris par le garçon de ferme au moment où il mettait le feu à une meule de paille attenante à la grange.

Isidore qui le guettait depuis plusieurs jours, sans qu'il s'en doutât, l'avait, d'une charge de plomb d'un fusil de chasse, tirée dans les parties charnues, blessé peu grièvement, mais suffisamment pour qu'il ne pût nier être l'auteur de l'attentat.

M. de Sauliac était intervenu. Antoine avait pris peur, en apprenant de la bouche même de celui qu'il avait voulu tuer et qui réapparaissait inopinément devant ses yeux, que la mère Marianne avait parlé.

Il n'avait pas attendu les gendarmes, il s'était pendu, mais avant de mourir, il avait écrit sa confession.

La révision du procès de M. Marbeau pouvait donc être demandée.

Solange avait écouté, frémissante, les explications du notaire. Elle était si attentionnée qu'elle ne remarqua pas la disparition subite de Véronique.

— Je suis chargé également, continua le notaire, de vous renouveler, de la part de M. de Sauliac, l'offre qu'il vous avait faite de vous donner son nom. Voulez-vous être fermière de Barjouville ?... Que dois-je répondre ?...

— Dites à M. de Sauliac que je l'attends...

— Le voici ! s'écria Véronique rentrant subitement et s'effaçant pour laisser passer le lieutenant de chasseurs.

— Armand !...

— Solange !...

— Je vous avais promis, ma bien-aimée, de revenir lorsque je pourrais vous apporter des arguments tels que vous ne pourriez refuser d'être ma femme !...

Les deux amoureux tombèrent dans les bras l'un de l'autre et, pour la première fois, devant témoins, purent se déclarer librement fiancés. Ils avaient payé assez cher la rançon de leur bonheur.

FIN

LES ROMANS CHOISIS

Luxueuse série de volumes à **60** centimes
comprenant chacun un **ROMAN COMPLET**

VOLUMES DEJA PARUS
En vente partout :

No 1. **GERMAINE**, par Lucien Pemjean (*Epuisé*).
No 2. **AMOUR D'ARTISTE**, par Ferd. Dumaine (*Epuisé*).
No 3. **CŒUR DE CREOLE**, par Julien Mauvrac.
No 4. **NINI-VERTU**, par Paul Bru.
No 5. **JEANNE, la Petite Montmartroise**, par Jules Hoche.
No 6. **SUZANNE**, par la Comtesse Xavier d'Abzac.
No 7. **TOURMENT D'AMOUR**, par Gaston Rayssac.
No 8. **DU CŒUR AUX LEVRES**, par Pau de Garros.
No 9. **LA PETITE PRINCESSE**, par Jules de Gastyne.
No 10. **AME CONQUISE**, par René d'Anjou.
No 11. **CRUELLE BEAUTÉ**, par Gustave Lerouge.
No 12. **L'ENFANT DU MALHEUR**, par Marc Mario.
No 13. **PECHE DE JEUNESSE**, par Paul Bru.
No 14. **ENTRE DEUX CŒURS**, par Jacques Sorrèze.
No 15. **LES GANTS BLANCS DE SAINT-CYR**, par A. Heuzé.
No 16. **LES NOCES DE GERMAINE**, par Lucien Pemjean.
No 17. **LA PETITE GUIGNOL**, par Miette Mario.
No 18. **SUPREME TENDRESSE**, par Paul Darcy.
No 19. **ON MEURT D'AMOUR**, par Ferdinand Dumaine.
No 20. **BEAU BLOND**, par H.-R. Wœstyn.
No 21. **MIRAGE D'AMOUR**, par Georges de Boisforêt.
No 22. **LE MAL DE VIVRE**, par Georges Maldague.
No 23. **FLEUR D'IRIS**, par Julien Mauvrac.
No 24. **VISION TRAGIQUE**, par Fredane.
No 25. **CORRUPTRICE**, par Jules Hoche.
Nos 26 à 30. **LES MYSTERES DE PARIS**, par E. Sue (5 *volumes*).
No 31. **L'INEXORABLE AMOUR**, par la Cse Xavier d'Abzac.
No 32. **LE ROMAN DU MODELE**, par Henry de Chazal.
No 33. **PETITE NANETTE**, par Paul Bru.
No 34. **SOUS LES MIMOSAS**, par Jules Hoche.
No 35. **LA BIEN-AIMÉE**, par Paul Roué.
No 36. **FAIBLES CŒURS**, par Henry Frichet.
No 37. **FINE**, par Georges Beaume.
No 38. **DOUCE FIANCEE**, par Edouard Pinon.
No 39. **DEMI-FEMME**, par Jacques Yvel.
No 40. **VAGUES D'AMOUR**, pa René D'Anjou.
No 41. **UN PEU... BEAUCOUP... PASSIONNEMENT...** par Cl. Lorrain.
No 42. **L'ABANDONNÉE** par Allix Dalmont.
No 43. **QUI?** par Ferdinand Lafargue.
No 44. **LE MANNEQUIN DE CIRE** par Jules Hoche.
No 45. **BEAUTÉ PERFIDE**, par René Miguel.
No 46. **CŒUR DOMPTÉ**, par Edouard Pinon.
No 47. **LA RANÇON DU BONHEUR**, par Paul Bru.

Envoi franco de chaque volume contre 0 fr. 70 en timbres-poste à la LIBRAIRIE des ROMANS CHOISIS, 94, av. de la République, Paris.
Abonnement a **8** volumes : **5** fr. en mandat ou billet

Imp. de la Bourse de Commerce (G. Bureau), 35, rue J.-J.-Rousseau, Paris

www.ingramcontent.com/pod-product-compliance
Ingram Content Group UK Ltd.
Pitfield, Milton Keynes, MK11 3LW, UK
UKHW021515260726
13993UKWH00004B/1678